BIBLIOTHÈQUE ITALIENNE
Dirigée par Serge Quadruppani

W0411304

JE SUIS LE CHÂTIMENT

DU MÊME AUTEUR

CHEZ LE MÊME ÉDITEUR

Romanzo criminale, 2006
Prix du polar européen *Le Point*, 2006

La Saison des massacres, 2008

Le Père et l'Étranger, 2010

La Forme de la peur (avec Mimmo Rafele), 2011

Les Traîtres, 2012

Je suis le Libanais, 2014

Suburra (avec Carlo Bonini), 2016

Rome brûle (avec Carlo Bonini), 2016

L'Agent du chaos, 2019

Alba nera, 2022

Giancarlo DE CATALDO

JE SUIS LE CHÂTIMENT

Traduit de l'italien
par Anne Echenoz

Éditions Métailié
20, rue des Grands Augustins, 75006 Paris
www.editions-metailie.com
2023

Retrouvez-nous sur les réseaux sociaux :

Titre original : *Io sono il castigo*
© Giulio Einaudi editore s.p.a., Torino, 2020
Traduction française © Éditions Métailié, Paris, 2023
ISBN : 979-10-226-1248-7
ISSN : 1264-5834

Prologue

Un homme en redingote, une plume à la main, écrit à la hâte des lignes sur une feuille. Derrière lui, une très belle femme en robe du soir. Ils sont dans un vaste salon, avec une cheminée et une table dressée. Tandis que l'homme écrit, la femme s'approche de la table, saisit un verre et le porte à ses lèvres. Soudain elle remarque le couteau aiguisé qui scintille à côté d'une assiette en céramique et, s'étant assurée que l'homme ne puisse pas la voir, s'empare lestement de l'arme. L'homme pose sa plume, appose un cachet sur la feuille, la replie et s'approche de la femme pour l'embrasser.

Nous y sommes.

Ce mercredi de novembre, le public qui s'était pressé à la matinée du Théâtre Costanzi de Rome retint son souffle. Le moment culminant approchait. L'orchestre tout entier se préparait à l'explosion bouleversante qui accompagnerait le châtiment du bourreau. Et tout le monde frémissait dans l'attente du coup de lame qui devait punir de mort cruelle l'horrible Scarpia et du cri libérateur de la femme : voilà le baiser de Tosca ! Aux premiers rangs, dans un des secteurs réservés aux abonnés, était assis un homme grand, aux cheveux gris, au visage d'une beauté classique et sans âge, aux traits fins. L'assurance, la discrétion, la désinvolture émanaient de sa posture et de son élégant complet en laine et soie.

C'était un grand passionné d'opéra. Il ne se souvenait même plus à combien de représentations de *Tosca* il avait assisté. Mais chaque fois il se surprenait à éprouver les mêmes émotions inégalables. Et à Rome, pour ceux qui comme lui y étaient nés et avaient choisi d'y vivre, le chef-d'œuvre de Puccini prenait une signification unique. Il n'y avait pas d'histoire plus romantique que celle de *Tosca*. Le peintre Cavaradossi, amant de la célèbre cantatrice Floria Tosca, cache Angelotti, consul bonapartiste évadé de la sombre prison du château Saint-Ange après la restauration cléricale. Le baron Scarpia, gouverneur perfide, pousse la jalouse Tosca à la trahison. Cavaradossi est condamné à mort. Tosca accepte de s'offrir en échange de la liberté de son amoureux mais au lieu de cela exécute Scarpia et lui vole le sauf-conduit. Mais le destin des amants est tragique. Scarpia a dupé Tosca, l'exécution de Cavaradossi, qui devait être simulée, est au contraire bien réelle et le peintre meurt. Désespérée, Tosca se suicide en se jetant des remparts du château Saint-Ange. Tosca et Rome, binôme indissoluble : au Théâtre Costanzi on le jouait encore avec les scènes et les costumes dessinés par Adolf Hohenstein pour la première du 14 janvier 1900.

Mais ici, pour l'instant, Scarpia râle aux pieds de Tosca, le couteau vengeur trempé de son sang maudit. Et après le coup de poignard, éternel avertissement aux tyrans et tortionnaires de toutes les espèces, les mots de Tosca devant le mort, comme une constatation sarcastique mais inéluctable : et devant lui tout Rome tremblait ! Ce qui revient à dire : voilà à quoi se réduit tout le pouvoir, à une carcasse. Et il fallait une femme pour t'arrêter, une femme amoureuse. Puis Tosca a un sursaut de pitié : elle place des bougies des deux côtés du corps, pose un crucifix entre les bras croisés. La musique se fait douloureuse, grave, tissée de la solennité mystérieuse de la mort.

Le deuxième acte s'acheva dans le silence. Enfin les applaudissements éclatèrent. L'homme aux cheveux gris se leva et se dirigea vers le foyer pour un verre de vin. À ce moment-là son portable vibra. Il lut le message, soupira et, en secouant la tête, sortit du bâtiment pour s'acheminer vers la première station de taxis. Son nom était Manrico Spinori, Rick pour les intimes, procureur adjoint de la République à Rome. Ce mercredi-là il était de garde et venait d'être convoqué dans un tout autre théâtre.

1

Le cadavre était de sexe masculin, blanc, dans les soixante-dix ans, probablement un peu plus. Des vêtements un peu extravagants ou peut-être seulement démodés : veste couleur crème dans le style Carnaby Street des années 60, pantalons pattes d'éléphant, bottes blanches, le tout assorti à une petite queue de cheval d'un gris étudié. L'ensemble faisait penser à un dandy paré pour une fête costumée ou à la tenue de scène d'un artiste. Et dans ce cas, quel genre d'artiste ? Acteur de seconde zone, jongleur, musicien ? Le visage, d'ailleurs même pas excessivement altéré par le masque de la mort, prenait un teint de cire dans le faisceau du lourd projecteur que deux agents de la Scientifique dirigeaient sur les points indiqués de temps à autre par le professeur Gatteschi, le médecin légiste.

D'autres techniciens en combinaison blanche anti-contamination, équipés de lampes torches tactiques parfaites pour violer la farouche obscurité du soir hivernal, ainsi que le chef de la patrouille intervenue en premier sur le site, tournaient en fouillant les recoins du "lieu de la découverte du corps". Deux éléments de la Municipale, débarqués d'un "QG mobile", le fourgon d'intervention d'urgence des policiers municipaux, examinaient la carcasse, entourée de morceaux de tôle et d'éclats de verre, d'une voiture de grosse cylindrée que l'impact avec les vieux murs avait réduite à une triste épave. De temps en temps un fragment qui serait peut-être utile, ou ne servirait peut-être à rien, finissait dans une enveloppe en plastique vierge. Un opérateur enregistrait une vidéo. La zone avait été opportunément "gelée", comme on dit dans le jargon : quelques agents débutants tenaient à distance un groupe de curieux qui, indifférents au crachin insistant, s'efforçaient par tous les moyens possibles de capturer quelques photogrammes du spectacle. Tandis qu'Orru, Vitale et Cianchetti, son équipe d'investigation, parcouraient les alentours en quête d'autres témoins ou de caméras de surveillance, Manrico commençait à se faire une idée de la situation. Ils se trouvaient le long de la partie descendante de la via delle Fornaci, une vieille rue qui partait du Janicule pour déboucher sur Saint-Pierre : et en effet, zébré par la petite pluie illuminée par de rares réverbères, le dôme brillait à l'arrière-plan, comme s'il voulait ironiquement consoler les restes du mort. Le véhicule s'était engagé dans Fornaci en respectant le sens de la marche, donc en provenance de la colline. Le conducteur avait dû perdre le contrôle, c'était évident même pour le profane qu'il était. La cause serait établie plus tard, naturellement. Il s'approcha de Gatteschi, et le médecin légiste soupira.

– Bah, c'est très clair. On ne devrait pas avoir de problèmes pour indiquer la cause du décès. Le type – et il indiqua le cadavre, défait et en même temps digne, comme s'il était plus surpris qu'angoissé par la mort – est décédé sur le coup. Je suppose qu'il a de multiples fractures, je dirais sur quatre-vingts pour cent de la surface corporelle. En tout cas je veux jeter un dernier coup d'œil, pour en avoir le cœur net.

Manrico s'approcha des deux hommes de la Municipale. Le plus haut gradé, un lieutenant aux yeux globuleux, lui expliqua que les premiers constats commenceraient dès que la zone serait évacuée. Son collègue, un plus ancien dans le grade, décréta qu'il s'agissait de toute évidence d'un délit routier.

– C'est pas lui qui conduisait, *dotto'*. Ça se comprend aux circonstances.

– Du reste il y a même un témoin, lui fit remarquer Manrico.

– Bien sûr, bien sûr, intervint le premier lieutenant, mais le collègue voulait dire qu'il ne conduisait pas et qu'il n'avait pas sa ceinture, ça se comprend à la façon dont il a été éjecté de l'habitacle.

– Et donc ?

– Et donc, torts partagés. Non, je dis ça pour l'indemnisation.

– Après faut voir si le conducteur avait bu.

– Ça, c'est sûr. Je te l'ai dit, Vini', délit routier.

– Et alors, pour l'indemnisation, c'est foutu.

Et cette fois-ci le deuxième lieutenant s'adressa directement au procureur :

– Parce que, *dotto'*, à la fin tout se ramène à ça : aux sous !

Un raisonnement lourd et pourtant typique. D'ailleurs, que depuis toujours *er priffe e 'r pelo*, ce qui revient à dire l'or et la passion, gouvernent le monde, Belli l'avait déjà établi à son époque. Dans le cas présent, Manrico lui-même – par ce mécanisme de déformation professionnelle qui s'enclenche chez quiconque exerce la même activité depuis longtemps – se détourna du facteur humain pour se concentrer sur le facteur purement technique : il imaginait la bataille des expertises, la guerre pour les indemnisations, le sans-gêne des assurances et autres joyeusetés. Mais même la déformation professionnelle a ses limites : et en ce qui le concernait, il n'en était pas arrivé au cynisme du vétéran. Ainsi, lorsque les deux officiers commencèrent à vanter les merveilles du véhicule impliqué, une automobile d'époque, un truc de collectionneur, un truc d'acteur américain – regarde-moi ce bolide, t'as vu, il en avait du fric, le défunt ! – il leur tourna le dos en esquissant un salut et s'éclipsa.

La rue avait été évidemment fermée, barrée par la patrouille du commissariat Monteverde, arrivée la première sur les lieux. Prostré sur le siège passager d'une

Smart blanche gisait pour ainsi dire le géomètre Rossi, le témoin oculaire, un homme d'âge moyen. Enveloppé dans une couverture, il tremblait de peur et de froid. Il descendait la via delle Fornaci, il était avant un tournant, les branches des hauts pins lui masquaient la vue, il avait perçu un fracas, puis un hurlement. Le géomètre avait cependant assisté à la phase finale de l'accident. Il avait vu le passager éjecté de l'habitacle et avait réussi à freiner à temps pour éviter de l'écraser. La terreur se lisait encore dans ses yeux. L'autre, le chauffeur, avait réussi à se libérer tout seul et à sortir du côté conducteur. La portière était froissée mais, incroyable coup de chance, l'impact contre le mur l'avait dégondée, offrant au malheureux une sortie de secours.

– Il est sorti sur ses jambes. Oh, il faisait peur à voir, mon Dieu, tout blanc, avec du sang partout. Il chancelait. Et d'ailleurs il est tombé tout de suite après. J'ai appelé les urgences et ils sont arrivés très vite, pour une fois. Je peux y aller maintenant, *dotto'*?

– Seulement si vous vous sentez de conduire dans votre état.

– Laissez-moi rentrer chez moi et je vous assure que ça ira.

Manrico acquiesça et donna l'ordre aux "opérationnels" – le terme technique qui définit les agents en charge de l'enquête – de le laisser partir. Le géomètre remonta prestement dans sa Smart et repartit à toute allure. On le convoquerait le lendemain pour prendre sa déposition.

Manrico retourna jeter un œil au cadavre. Gatteschi s'était éloigné de quelques pas pour s'allumer une cigarette. Avant même qu'il ne puisse s'en rendre compte, soudainement le visage livide de la victime alluma un voyant dans l'esprit du magistrat. Quelque part, à un moment de sa vie, cet homme et lui s'étaient rencontrés. Ou, en tout cas, il l'avait vu. Mais quand? Où? Cette sensation s'estompa rapidement. Deux brancardiers qui avaient l'air de s'ennuyer se matérialisèrent et demandèrent en bâillant s'ils pouvaient charger le mort pour l'emmener à la morgue. Manrico leur indiqua le fonctionnaire de la Scientifique qui les dirigea vers le médecin légiste. Gatteschi échangea un regard avec son assistante, une petite blonde aux manières obséquieuses, et acquiesça en enlevant ses gants. Les brancardiers s'éloignèrent pour aller chercher la civière.

– Tu ordonnes l'autopsie ? demanda le prof.

– Tu sais ce que j'en pense. Si ce n'est pas strictement nécessaire… mais nous entendrons la famille.

– Tiens-moi au courant dès que tu peux.

Ils se serrèrent la main. L'assistante cérémonieuse s'en tint à un hochement de tête et suivit son chef à un pas de distance. Manrico et Gatteschi se connaissaient et s'estimaient depuis vingt ans. Le professeur était un des rares à ne pas le considérer comme un excentrique. Peut-être parce qu'il était lui aussi un type particulier. On l'appelait "le rude", il détestait être contredit et parfois son *sense of humour* pouvait paraître provocant. Mais c'était un grand professionnel. Quelqu'un de confiance. Les brancardiers revinrent, accompagnés du fonctionnaire de la Scientifique. Avec lui se trouvait un autre technicien en combinaison blanche antiseptique qui se mit à fouiller les poches du mort avec précaution. Chaque fois qu'il extrayait un objet, il en prononçait le nom à voix haute et le passait au fonctionnaire qui veillait à l'insérer dans une enveloppe à part. Étui à cigarettes probablement en argent. Bout de tissu de couleur marron pour le nettoyage des lunettes. Portefeuille avec divers documents, parmi lesquels une carte d'identité au nom de Diotallevi Stefano résidant via Ovidio.

Il n'avait plus grand-chose d'autre à faire là. Il s'approcha de la voiture de fonction – petit privilège, si on peut dire, du substitut du procureur de garde – et demanda au chauffeur de l'emmener à l'hôpital Santo Spirito où le conducteur avait été admis.

2

Sur le parking des urgences, adossée à une ambulance, l'inspectrice Cianchetti, qui l'avait précédé, fumait une cigarette roulée et avait une discussion animée au téléphone. Manrico se tint à distance pour ne pas paraître indiscret. Un mois auparavant, le dévoué Scognamiglio, son plus loyal et fidèle collaborateur, le grand adjudant à l'ancienne avec qui il avait partagé ces vingt dernières années des enquêtes sur les plus divers citoyens au-dessus de tout soupçon, Scognamiglio, l'assistant, l'ami, le confident, le frère, avait à l'improviste quitté cette vallée de larmes. Il avait découvert qu'il était malade et n'en avait parlé à personne. Manrico avait trouvé émouvante une telle discrétion, même si elle était peut-être excessive. Il n'y a rien de déshonorant dans la maladie. Et s'il avait su, s'il avait imaginé que son ami était sur le point de le quitter, il lui aurait certainement accordé plus d'attention. Mais c'est ainsi.

Depuis quelques jours, on lui avait attribué Cianchetti. Difficile de remplacer un type comme Scognamiglio, d'accord, mais les débuts de l'inspectrice n'avaient pas été exaltants. Pour le moment, elle était un objet mystérieux. Qui, présentement, se disputait au téléphone avec… un mari ? Un fiancé ? Sûrement pas un camarade, étant donné ses idées. Deborah Cianchetti mesurait environ un mètre quatre-vingts, arborait des tatouages ethniques sur des biceps considérables – et ailleurs aussi, suspectait Manrico –, pratiquait la boxe et avait remporté la médaille d'argent aux derniers championnats inter forces de tir au pistolet libre. Indifférente à la saison hivernale, elle portait un perfecto noir sur un tee-shirt blanc et un jean très moulant. Ses cheveux noirs étaient coupés au carré et elle était belle à faire peur. Belle et rebelle. À l'époque où il fréquentait les collectifs, une fille comme elle, Manrico l'aurait sans détour taxée de "fasciste". Et elle, de son côté, l'aurait traité de coco. Et peut-être qu'il aurait eu plus de plaisir à la draguer.

Voilà, la conversation téléphonique avait pris fin. Mal, à en juger par l'air indigné de la policière. Ils s'adressèrent un salut tout sauf enthousiaste. Manrico la suivit dans les urgences. Ils traversèrent une salle d'attente remplie d'une demi-douzaine de malheureux accablés sur des sièges en bois – certains se plaignaient, d'autres ronflaient, l'air ne sentait pas vraiment la rose ou l'herbe fraîchement coupée –, et rejoignirent enfin une sorte de réserve où un petit homme avec un bras bandé, à moitié allongé sur un brancard, les attendait. Âgé sans doute d'une soixantaine d'années, il avait l'air égaré, une barbe naissante, des cheveux gris clairsemés. Il rappela à Manrico un Renato Rascel mal en point. Puis il pensa : mais qui se souvient encore de Renato Rascel ? Le substitut et la policière se présentèrent et demandèrent s'il était prêt à répondre à quelques questions. Gilberto Mangili acquiesça. Sa voix était éraillée, pas vraiment agréable.

– Racontez-nous comment ça s'est passé, l'incita Rick.

Mangili renifla.

– Rien. On descendait Fornaci quand j'ai perdu le contrôle. La voiture partait de tous les côtés. Et on ne roulait pas à grande vitesse, le *dottor* Brans était prudent… La route était glissante, à cause de la pluie, mais perdre le contrôle comme ça, ça ne m'était jamais arrivé… je n'arrivais pas à freiner, et…

– Vous aviez bu, Mangili ?

Tout à coup Deborah Cianchetti avait pris un ton agressif. Le petit homme se souleva avec difficulté. Il jeta un regard doux à la fliquette, on aurait dit qu'il était chargé de déception. Rick intervint en s'exclamant.

– Brans ? Mario Brans ?

– Oui, c'était bien lui, confirma Mangili qui semblait sur le point d'éclater en sanglots tandis que Cianchetti le regardait avec commisération.

Mario Brans était le nom de scène de Stefano Diotallevi qu'on transportait en ce moment même à la morgue. Ah, bon sang, c'était ça le relais qu'il n'avait pas réussi à intercepter, le *clic* que ses synapses avaient activé avant de l'éteindre presque aussitôt. Mais bien sûr, bien sûr. Mario Brans. Mèche d'Or. L'idole populaire des années 60 et 70. Des souvenirs confus revenaient. Camillo, qui à l'époque n'était pas encore le vieux Camillo mais simplement le mari de Lorenzina, la tantine mythique et adorée, Camillo qui enduit de brillantine sa chevelure clairsemée et tente d'arracher à sa voix caverneuse les aigus de Brans. Un ténor, et dans certains passages même un contre-ténor, à la limite du castrat. Mais sexuellement tout sauf ambigu, bien au contraire, si sa mémoire était bonne. Il se souvenait d'articles dans la presse à scandale qui lui prêtaient des amours et des aventures, des trahisons et des réconciliations, l'éternelle passion italienne pour les histoires de cocus… comment s'appelait sa fiancée historique, déjà ? Tina Molino, Morino, Morini, quelque chose comme ça… puis on avait dit que Brans avait opéré une sorte de virage mystique. Mais à ce moment-là Manrico s'était désintéressé de cette histoire. Quand il était jeune il avait détesté les chanteurs dans le genre de Brans, des crooners insipides, voire de véritables dindons gloussants.

– Alors, monsieur Mangili, vous aviez bu ? insistait Cianchetti.

– Je ne bois pas et je ne fume pas non plus, mademoiselle.

– Inspecteur Cianchetti, s'il vous plaît ! Mangili, avez-vous recours à des substances ?

– Pardon, mais qu'est-ce que vous voulez dire ?

– Est-ce que vous prenez de la drogue ?

– Mon Dieu, non ! Je n'ai recours à aucune substance ! Je me suis rendu compte que j'étais en train de perdre le contrôle de la voiture et j'ai essayé de freiner, et c'est devenu pire, parce que les freins n'ont pas fonctionné, et la voiture a fait un tête-à-queue, et nous avons fini contre le mur, et... et ensuite je ne me souviens plus de rien. J'ai perdu connaissance... en tout cas je crois. Je me souviens seulement que je suis tombé. J'ai dû fermer les yeux. Quand je les ai rouverts j'étais ici...

– Et l'automobiliste qui vous a porté secours ? Vous vous en souvenez ? Et les urgences ? Quand on vous a chargé dans l'ambulance ? Vous vous souvenez de ces détails ?

Non, ça n'allait pas. Cianchetti était... excessive. Voilà. Excessive en tout. Bon sang mais elle ne comprenait pas que le malheureux venait de voir la mort en face ?

– Quelles étaient exactement vos fonctions, monsieur Mangili ? intervint Rick en lui coupant la parole.

– Je travaille pour M. Brans depuis douze... non, depuis quatorze ans. Je lui sers de chauffeur, de coursier, un peu de tout, en somme... et maintenant...

– Quel genre d'homme était Brans ?

Un sourire affleura sur les lèvres du blessé.

– Quelqu'un de bien. Un monsieur.

Cianchetti repartit sur les questions techniques. Soudain Rick sentit une profonde fatigue lui tomber dessus. Il vieillissait. Il avait même eu du mal à reconnaître Mario Brans, une icône de son époque. Et Cianchetti qui insistait.

– Parlez-nous des heures qui ont précédé l'accident.

– Je suis allé chercher le *dottore* vers dix-huit heures, dix-huit heures trente chez lui à Prati, et de là nous sommes allés aux studios de la via Poerio, où ils enregistrent *Nouvelle Star*, le télécrochet.

– Vous avez eu l'impression de percevoir quelque chose d'étrange, dans le moteur, par exemple ?

– Non. Jusqu'à l'accident, tout semblait normal. Tout était comme d'habitude.

– Dites-moi, s'immisça Manrico, je n'y connais pas grand-chose mais... la voiture accidentée, qu'est-ce que c'est ?

Le petit homme esquissa un sourire triste.

– C'est une Iso Rivolta modèle Fidia de 1973. On n'en trouve pas beaucoup.

– Et elle lui a coûté combien ? dit Cianchetti, estomaquée.

– Cher, répondit Mangili.

Un docteur apparut, accompagné d'une infirmière. Le médecin toisa sévèrement Rick et la policière. Le blessé était en observation, il avait le droit de se reposer. Cianchetti était en train de poser une dernière question quand Mangili éclata brusquement en sanglots. L'inspectrice s'arrêta net. Le médecin sortit en secouant la tête. L'infirmière ordonna à tout le monde de quitter la pièce. Rick était fasciné par ces pleurs qui ressemblaient presque à un hululement. La douleur se manifeste de tant de façons, si différentes les unes des autres. Il ne s'y ferait jamais.

Dehors, alors qu'ils se mettaient d'accord pour le lendemain, Cianchetti lui dit que Vitale avait déniché les caméras de surveillance d'un hôtel tout proche. Mais, ajouta la policière, le tableau d'ensemble faisait peu de doute.

– Quelle impression vous a-t-il fait ? demanda le procureur.

– Je ne pourrais pas dire.

– Pour vérifier s'il boit ou s'il se drogue, on a besoin des analyses.

– J'ai déjà parlé avec le médecin-chef. Il nous dira demain.

– Lui dit qu'il était clean.

– C'est ce qu'ils disent tous.

– Parfois c'est vrai, Cianchetti.

– D'autres fois c'est faux, *dottore*.

– J'ordonnerai une autopsie. Si ce qu'affirme Mangili est vrai, qu'à un moment donné la voiture était hors de contrôle, on ne peut pas exclure un problème technique. Demain matin…

Cianchetti reçut un autre appel.

– Diego ? Mais je t'ai dit de pas m'emmerder quand je travaille… et oui, j'y suis encore, ça va, ça s'appelle le tra-vail, abruti !

Cette fois il lui avait été impossible de ne pas écouter. Diego. Parfait comme nom d'amant. Amant, décida-t-il. Clandestin ? Vu l'heure, peu probable. Peut-être seulement insistant. Ou avec quelque chose à se faire pardonner.

– Allons-y, Cianchetti. Je crois que ça suffit pour aujourd'hui. On se voit demain à neuf heures dans mon bureau. Je vous dépose ? Avec la voiture de fonction ?

– Merci, j'ai ma moto. Et puis je n'ai pas encore fini, *dottore*. Quelqu'un doit prévenir la famille.

Cianchetti marmonna une sorte de salut et passa devant lui, laissant derrière elle de vagues effluves de cuir et de sueur. Manrico n'avait rien contre certaines odeurs, même pénétrantes. Sans compter que depuis qu'il avait arrêté de fumer il les percevait plus intensément et qu'il lui arrivait parfois de les trouver excitantes. Parce que c'étaient des odeurs vivantes. Mais. Mais tout cela n'avait rien à voir avec Cianchetti. Elle n'avait rien allumé en lui. Il ne la désirait pas. En partie parce qu'elle avait la moitié de son âge – il imaginait le ridicule d'une scène avec boudoir et lingerie, la différence des corps ; se regarder de l'extérieur est une excellente thérapie contre le satyriasis –, en partie parce que, au-delà de leur faire l'amour, il aimait parler avec les femmes. Et il était clair que n'importe quelle conversation avec Cianchetti se serait aussitôt terminée en voies de fait. C'est pourquoi, si le mur qu'elle avait immédiatement érigé entre eux tombait un jour, il avait décidé qu'il la considérerait comme sa fille. Bien entendu : une de ces filles que l'on dresse à coups de baffe.

3

À sept heures trente précises, Camillo fit sa discrète irruption dans la chambre de Manrico. Pour une fois il ne protesta pas quand le “valet”, ainsi que s’obstinait à l’appeler donna Elena, la reine mère, annonça, de la voix monocorde et du ton empressé de celui qui vous a vu grandir et devenir un homme, que le petit-déjeuner du “petit comte” était servi. Manrico détestait manger au lit mais, ce matin-là, avec trois petites heures de sommeil au compteur, un réveil en douceur était béni. Aussi parce qu’un quart d’heure auparavant Cianchetti l’avait informé, par un message vocal sec, qu’on avait besoin de son autorisation pour examiner les vidéos de l’hôtel. Manrico avait répondu par un concis “j’autorise” et s’était rendormi. Quelques minutes, mais à ne pas dédaigner. Il se hissa sur les coudes dans un grand bâillement tandis que Camillo, toujours impeccable, en veste et cravate, disposait le plateau avec la théière fumante, le pot de lait froid, les tranches de pain grillé et les confitures de pêches blanches, gingembre et châtaignes.

– Votre Lapsang Souchong, monsieur le petit comte.

Camillo, en s’inclinant légèrement, s’apprêta à se retirer.

– Attends, dit Manrico, tu as écouté les informations ?

– On ne parle que de Mèche d’Or, répondit l’autre en souriant.

Mais il souriait tristement, comme quelqu’un touché par la disparition prématurée d’un oncle ou d’un petit chien adoré.

– C'était ton chanteur préféré, si je me souviens bien.

– Que puis-je vous dire, monsieur ? Une partie de ma jeunesse… Lorenzina et moi nous sommes fiancés sur les notes d'une de ses chansons.

– Où ça ? Dans une salle de bal ? demanda Manrico avec une curiosité sincère.

– Lors d'une fête.

– Sûrement pas celle de *L'Unità*, j'imagine.

– Qu'allez-vous imaginer ! répondit avec horreur Camillo, légitimiste et nostalgique du trône et de l'autel. C'était une fête du samedi soir, une de ces fêtes chez des amis… c'était en 1970. Et… si nous avions eu un fils nous l'aurions appelé Stefano, comme lui.

– Stefano ?

– Stefano Diotallevi, nom de scène Mario Brans.

– Ah oui, c'est vrai.

Manrico étala un peu de confiture de châtaignes, mordit dans la tranche encore croustillante et savoura le goût fumé du vieux thé chinois. Une patine mélancolique brouillait le regard de Camillo. Manrico éprouva de la peine pour lui.

– Je vous souhaite une bonne journée, monsieur le petit comte.

– Combien de fois dois-je te répéter de ne pas m'appeler comme ça !

– Mais vous êtes petit comte, monsieur le petit comte. Nul n'échappe pas à son destin.

Manrico Leopoldo Costante Severo Fruttuoso Spinori della Rocca des comtes d'Albis et Santa Gioconda… allez tenter de vivre avec un nom aussi encombrant ! Dans sa période de vocation héraldique, à l'aube de l'adolescence, Manrico avait commencé à s'imprégner de l'histoire de son illustre famille. Pour ensuite s'en détourner, horrifié par la quantité de voleurs, d'escrocs, de détrousseurs et même d'égorgeurs qu'il avait découverts cachés derrière l'origine de la fortune familiale.

Tout un tas de tristes individus très habiles à accumuler les biens immobiliers et les revenus financiers avec des méthodes de bandits. D'affreux bonshommes aux existences misérables et répugnantes, autour desquels s'était construite une mythologie tellement fausse qu'elle aurait fait pâlir le plus féroce propagateur de fake news. Il se demandait parfois si ce qui l'avait poussé vers Themis, la déesse à la balance, n'était pas un début de volonté d'expier. Petit comte. Les camarades du collectif s'étaient foutus de lui à mort. Et jusqu'au Palais de Justice, où un certain semeur de peste, qu'il n'avait jamais réussi à identifier, avait un jour répandu ce surnom moqueur devenu ainsi de notoriété publique. De son côté, le seul petit comte qu'il reconnaissait était celui que Figaro se promet de mettre en pièces… *Si M. le petit comte veut danser, de la mandoline je lui jouerai. S'il veut venir dans mon école, la cabriole je lui apprendrai…*

4

Dans l'antichambre de son bureau au quatrième étage de l'immeuble A de la (laide) citadelle judiciaire de la place Clodio, Brunella, l'efficace secrétaire avec le défaut du soupir facile – quarante-cinq ans, célibataire, jamais une histoire qui ne dure plus d'un mois avec le salaud de service, d'abord prince charmant, puis, justement, immanquablement salaud – informa Manrico que "la nouvelle policière" était déjà arrivée.

– Qu'est-ce qu'il y a, Brunella, elle ne te plaît pas ?

– Non, c'est que… Scognamiglio me manque tellement, *dottore* !

– À qui le dis-tu, acquiesça-t-il doucement avant de se réfugier dans son bureau, anticipant la potentielle crise de larmes de la secrétaire.

Il était évident que Cianchetti ne lui avait pas fait bonne impression. Elle avait du mal à s'intégrer. Et qui sait si elle y réussirait un jour.

En attendant, la "nouvelle policière", tailleur-pantalon couleur crème, sac en bandoulière, cheveux propres et parfumés au shampoing à la cannelle, s'allumait une cigarette près de la lourde fenêtre aux vitres blindées, ouverte pour l'occasion. En voyant Manrico, elle se dépêcha de tout faire disparaître dans son sac.

– Excusez-moi, *dottore*.

– Aucun problème. Je suis ancien fumeur. Je n'ai pas une mentalité de gendarme. Fumez donc.

Mais si t'as pas une mentalité de gendarme, alors pourquoi au lieu d'être procureur tu t'es pas fait envoyer dans un tribunal civil ? C'est ce qu'aurait voulu répondre

Deborah. Mais elle se dit qu'elle exagérait peut-être. Le manque de sommeil et le stress ne font pas bon ménage. Après tout, le "petit comte" – elle aussi était au courant du surnom – essayait seulement d'être gentil.

– Quelque chose ne va pas, Cianchetti ?

– Tout va bien, *dottore.*

Mais non ça n'allait pas ! Dormi à peine une heure, si se retourner dans son lit, exténuée et dans une somnolence sous adrénaline, avec par-dessus le marché les appels continuels de cet hystérique de Diego en bruit de fond, on peut appeler ça dormir. Et surtout, la demi-heure passée chez le mort pour annoncer la nouvelle à la veuve et à la fille… aaah, mais ça existe une mission plus merdique que ça ? Et pour quoi, au fond, pour un délit routier ? Bon ok, il s'agit toujours de mort, mais entre ça et un bon homicide mafieux ou à la limite une histoire de milieu, y a pas photo… Sans vouloir manquer de respect, ce n'était pas pour s'occuper des accidents de la route qu'elle avait arraché de haute lutte sa mutation à la police judiciaire. Mais parmi tous les juges possibles, il fallait justement qu'elle soit rattachée à Spinori ? Elle commençait à comprendre les sarcasmes de certains collègues plus âgés. Ceux qui lui avaient souhaité en ricanant "passe le bonjour au petit comte". Parce que en plus il était vraiment noble. Et, bon sang, ça se voyait.

– Bien. Les formulaires pour les expertises techniques sont dans le premier tiroir à gauche. Il suffit de les remplir avec l'identité de la victime, du conducteur, le véhicule, etc. Pour l'expert voyons si mon vieil ami Subolino est libre. Oh. Et puis, inspecteur, il faut ouvrir un dossier pour délit routier. Je rédige le chef d'accusation. Nous devrions de toute façon inscrire le chauffeur au registre des témoins assistés. Par mesure de précaution, d'ailleurs vous savez ce que disait un de mes maîtres, un vieux juge calabrais ? *Quanno ci scappa 'u morticino, ci vo' sempre 'u processino*, quand on a un mort, il faut toujours un bon petit procès… Donc…

D'après son air indifférent on voyait que Cianchetti n'avait pas saisi le trait d'esprit, ou qu'elle s'en foutait éperdument. Quoi qu'il en soit la plaisanterie était faible, reconnut Manrico, et disons-le carrément, incompréhensible pour qui n'avait pas connu le drôle de type qu'était son ancien collègue. Le magistrat s'assit à son bureau et alluma son ordinateur. Le temps de taper son mot de passe et d'adresser ses habituelles affectueuses pensées aux paranoïaques de la sécurité qui nous ont pourri la vie, il reçut un SMS.

– Je vous prie de m'excuser, inspecteur. J'avais complètement oublié, mais j'ai promis à un collègue de le remplacer en audience.

– Vous voulez que j'essaie de le faire, le chef d'accusation ?

Le procureur lui jeta un regard perplexe.

– Vous l'avez déjà fait ?

– Bien sûr ! répondit-elle, vexée.

– Pardonnez-moi. D'accord. On reste dans le vague, au fond on ne sait pas encore grand-chose… Je vous rejoins dès que je me libère. L'affaire d'une demi-heure tout au plus.

5

Le remplacement s'avéra plus accaparant que prévu. Son collègue n'arriva pas une demi-heure plus tard comme il l'avait promis. Mais surtout, quand Manrico avait inconsidérément répondu oui, il ne s'était pas rendu compte qu'il s'agissait d'une audience à juge unique, avec un seul magistrat invité à traiter une montagne de plaintes mineures. Autrefois existait le *pretore*, le juge de paix. Un dans chaque village. Il instruisait les plaintes de moindre importance et rendait son jugement. Tout à coup, cela remontait à une trentaine d'années, le cumul sur une même personne des fonctions d'accusation et de décision était apparu intolérable aux puristes du procès équitable. Et adieu au *pretore*, donc. Adieu aussi physiquement à la prise en charge judiciaire des villages : trop onéreuse pour pouvoir être soutenue, il valait mieux tout centraliser dans les chefs-lieux. Chaque délit est jugé selon des règles identiques, qu'il s'agisse d'un homicide ou d'un vol de pomme. Et ainsi, pendant deux heures, entre avocats commis d'office exténués, témoins furieux attendant depuis des temps immémoriaux, et le président, un collègue plus jeune que lui de quelques années mais plus petit de beaucoup de centimètres, dont la tête émergeait de vertigineuses dunes de papier, tel un fantassin assiégé par les Huns, Manrico avait soutenu l'accusation de trois recels de mobylettes remontant à sept ans et d'une escroquerie de 1 800 euros et participé à l'interrogatoire du carabinier première classe Sante Schiavon, rappelé précipitamment de Vipiteno.

– Vous souvenez-vous de ce qui s'est passé le 20 septembre 2013 ?

– Vraiment, monsieur le président, tant d'années sont passées…

– Vous êtes autorisé à consulter le procès-verbal.

– Merci, monsieur le président… ah, voilà. À 20 h 15, avec mon collègue Aloisi, j'ai arrêté Mlle Alessia Persichini qui conduisait une Smart. J'ai senti son haleine avinée et je lui ai demandé de se soumettre à l'alcootest, ce qu'elle a refusé de faire. Nous avons alors dressé un procès-verbal régulier.

– Tout s'est donc passé comme c'est écrit ?

– Oui, monsieur.

– Merci. Des questions, monsieur le procureur ? Maître ? Non ? Merci, carabinier, vous pouvez y aller.

– Monsieur le président.

– Je vous écoute, carabinier.

– Carabinier première classe.

– Je vous écoute.

– Pour le remboursement du billet de train…

– Voyez avec le greffier.

– Merci.

Une bonne demi-heure se passa à attendre le "transfert", c'est-à-dire le transport depuis la prison d'un dealer de calibre moyen qui, pour finir, ne se présenta pas car il souffrait de diarrhée et de vomissements. L'ajournement était de rigueur si on ne voulait pas attenter à son sacro-saint droit de présence à son procès. Manrico jeta un œil au certificat médical joint à la communication de la prison et découvrit que le type avait "expulsé" un "mobile format carte de crédit". En d'autres termes, il avait avalé, puis libéré, un téléphone portable dernière génération. Décidément, certains criminels ont vraiment une vie de merde !

Et, pour couronner le tout, étant donné que le coûteux système d'enregistrement magnétique ne marchait pas à cause d'une prise mais que le responsable des services titulaire du contrat d'entretien était introuvable et que l'on ne pouvait donc pas procéder au remplacement de la pièce défectueuse, le greffier rédigeait les procès-verbaux à la main. Tout cela alors qu'un quotidien abandonné sur un banc par un joyeux drille déclarait : *L'automatisation appartient à l'archéologie, l'avenir est dans l'interconnexion – de plus en plus d'entreprises abandonnent le hardware pour se convertir au télétravail. Désormais on travaille de chez soi. Plus jamais de files d'attente, plus jamais de bureaux bondés : BIENVENUE DANS LE FUTUR !*

Son collègue réapparut deux heures plus tard et Manrico put recouvrer une relative liberté. Il alluma son téléphone, qu'il gardait éteint par correction pendant les audiences, et comprit immédiatement qu'à la table de jeu du destin la donne avait changé de manière surprenante.

Il se hâta donc de rentrer au bureau. Cianchetti s'était endormie, la tête posée sur ses bras croisés. Son front était contracté et on aurait dit une petite fille boudeuse. Et elle ronflait, légèrement. La fille avait beau être une dure à cuire qui savait même se montrer désagréable, Manrico s'attendrit. Les commandements imposés par des siècles de code chevaleresque se mirent en marche – au fond, parmi ses ancêtres il y avait eu aussi des gens bien – et l'obligèrent à retourner dans l'antichambre en fermant doucement la porte derrière lui. Il demanda à Brunella de composer son numéro interne, ignora la perplexité de la secrétaire au soupir facile – mais pourquoi diable le juge s'appelle-t-il lui-même de mon téléphone ? – et, après avoir laissé sonner cinq ou six fois, retourna dans son bureau. Cianchetti, l'air égaré, émergeait d'un début de coma.

– Pardonnez-moi pour le retard. Et jetez donc un œil à ça.

Manrico lui tendit son téléphone. Elle fixa l'écran et bondit sur sa chaise.

HOMICIDE OU ACCIDENT ? RETENTISSANT REVIREMENT DANS L'ENQUÊTE SUR LA MORT DE MARIO BRANS, LE TRÈS POPULAIRE MÈCHE D'OR.

– *Une source confidentielle*, lut Deborah à mi-voix, *a révélé que dans les circonstances de l'accident qui a coûté la vie au célèbre chanteur la nuit dernière, des éléments ambigus pourraient laisser supposer…*

– "Truenews". C'est un blog à scandales mais généralement bien renseigné. Orru essaie de vérifier de qui vient cette information et quel fondement elle peut avoir.

– Mangili ?

– Ça se pourrait.

– À propos, le médecin-chef dit qu'il est clean. Pas de drogue.

– Vous avez préparé le chef d'accusation ?

– Je… il manque certains détails…

– Bah, ça ne fait rien, mieux vaut ne pas aller trop vite. Je m'en occupe, allez vous reposer. Quelques heures de sommeil vous feront du bien. Pendant ce temps je ferai le point sur la situation avec Orru et Vitale.

Donc il s'en est rendu compte, réalisa-t-elle, agacée. Il s'est rendu compte que je dormais. Heureusement que le coup de téléphone m'a réveillée à temps, la honte s'il m'avait vue en entrant… puis elle s'aperçut qu'il souriait assez gentiment, l'air plutôt amusé, et comprit qu'il l'avait peut-être vue endormie mais qu'il n'avait pas voulu l'humilier. Et elle se sentit alors encore plus humiliée. Oh, le petit comte, je suis de Tufello, moi, alors tes chichis tu les gardes pour les saintes nitouches de ton milieu !

– Je reste aussi, coupa-t-elle sèchement.

6

Gavina Orru était une petite Sarde, robuste, binoclarde, une véritable magicienne d'Internet : si elle avait été du côté des méchants, comme on dit à Rome, *Lisbeth Salander le avrebbe spicciato casa*, Lisbeth Salander aurait pu aller se rhabiller. Sandra Vitale allait sur ses quarante ans et, avec ses manières aimables, elle réussissait à faire parler même les sourds-muets. Son équipe. Maintenant que Scognamiglio n'était plus là, la coordination revenait à Vitale. Quant à Cianchetti, c'était Manrico qui l'avait présentée à ses collaboratrices historiques. Vingt jours plus tôt. Il avait senti que ça n'avait pas collé entre elles. Mais ce n'était peut-être qu'une impression superficielle. Ou peut-être fallait-il laisser un peu de temps au groupe pour qu'il accepte la nouvelle recrue. En tout cas l'atmosphère n'était pas querelleuse lors de ce premier sommet opérationnel. On pouvait peut-être même percevoir la saine colère qui s'empare de n'importe quel enquêteur digne de ce nom lorsqu'il se fait doubler par la presse. Orru avait fait des miracles. La source confidentielle avait été identifiée. Le chauffeur n'y était pour rien, pauvre bougre. Les choses s'étaient passées ainsi : une dépanneuse avait transporté l'Iso Rivolta Fidia accidentée au dépôt judiciaire de la via di Decima. Là, un des gardiens, un technicien, ou Dieu sait qui, s'était rendu compte d'un détail qui, dans l'immédiateté de l'événement, avait échappé à l'examen sommaire effectué sur place par la police scientifique.

Quelqu'un avait sectionné le tuyau d'alimentation du liquide de frein.

En pratique, les freins avaient été endommagés.

La Fidia avait été sabotée.

Le technicien, le gardien, ou qui que ce soit, s'en était ouvert à un ami, qui en avait parlé à un autre ami, bref, en quelques minutes la nouvelle était arrivée aux oreilles de quelqu'un qui l'avait passée au blog. Et maintenant à Rome on ne parlait plus que de ça.

– Mais ça existe encore les tuyaux de freins ? demanda Manrico.

Cianchetti le regarda bizarrement. Orru et Vitale, qui le connaissaient comme leurs poches, ne manifestèrent aucune surprise.

– Je veux dire, précisa le procureur, je pensais que désormais tout était dirigé par les unités de commandes électroniques... ah, je comprends, cette... Fidia... est une voiture d'époque, donc...

– Rien à voir avec l'époque, dit sèchement Cianchetti, le liquide, il arrive toujours jusqu'aux freins par des tuyaux. Aujourd'hui comme il y a quarante ans !

– Le juge n'est pas à proprement parler un passionné de moteurs, se sentit obligée d'expliquer Vitale.

Typique, pensa Cianchetti. Quand il était môme, ça devait être le chauffeur qui l'emmenait se promener, M. le petit comte !

– Sans l'avis d'un expert, reprit le procureur, il serait prématuré de se prononcer.

Orru s'éclaircit la voix. Bien sûr. Il faudrait une expertise faite en bonne et due forme, on allait la prévoir rapidement, mais en attendant, pour ne pas perdre de temps, elle avait obtenu d'une de ses connaissances, un commissaire expert en automobiles, qu'il jette un coup d'œil à la Fidia et le collègue avait confirmé. Et en confirmant il avait exclu qu'une dégradation de ce genre fût le fruit d'un accident, ou de l'usure du temps, ou, pire encore, du hasard.

Le procureur et les policières acquiescèrent. Manrico se chargea de dire tout haut ce que tout le monde pensait tout bas. Quelqu'un avait attenté à la vie de Mario Brans. Avec succès. Et il s'en était fallu de peu que le chauffeur y passe aussi.

– Bien sûr, il y a toujours la possibilité que la cible soit ce Mangili, mais c'est une possibilité théorique. Quoi qu'il en soit, effectuons quelques recherches dans cette direction.

– Je m'en occupe, proposa Vitale.

À ce moment-là Manrico reçut un SMS avec la classique invitation qui ne se refuse pas.

Dix minutes plus tard il rencontrait un vieil ami. Un ami qui, avec les années, était devenu très, très puissant.

7

Le procureur général de la République, Gaspare Melchiorre, très élégant dans son costume grain de poudre, se montra aimable, souriant et même affectueux.

– Manrico, tu sais combien je t'estime et t'apprécie.

– Tu sais ce que disait mon grand-père ? Quand le diable vous caresse c'est qu'il en a après votre âme…

– Ah, ah, allons, et je serais le diable ? Nous avons eu quelques divergences par le passé, mais au fond… nous sommes toujours les sales gosses d'autrefois, non ? Écoute, Rick, je veux que tu t'occupes de l'affaire Brans. Les réseaux sociaux se déchaînent. Mon téléphone est près d'exploser. Je te veux à cent pour cent sur cette affaire.

– Brans était si important, hein ?

– On dirait bien. À vrai dire je ne me souvenais même pas de lui.

– À qui le dis-tu !

– C'est l'affaire du jour, en tout cas. Et qui sait pour combien de temps encore. Le temps que nous mettrons à la résoudre !

– L'accident…

– Tu parles d'un accident ! C'est clairement un homicide.

– Je ne peux pas te donner tort. Je voulais seulement te dire, je ne sais pas si tu te souviens, que l'accident de la route était la marque de fabrique de certains barbouzes, ceux de la fraction crapoteuse des services. Quand ils voulaient se débarrasser d'un témoin gênant…

– Mais là il s'agit d'un chanteur, et les barbouzes, s'il fallait maquiller ils savaient comment s'y prendre, là, le tuyau sectionné, on s'en est aperçu tout de suite !

– En tout cas il faut faire une expertise.

– J'ai parlé avec le commandant del Racis, tu sais que pour ce genre de choses les carabiniers sont imbattables. Nous aurons un premier rapport dans une demi-heure. Mais il s'agit manifestement d'un sabotage. Les réseaux sociaux s'emballent déjà. Donc…

– Donc c'est décidé : homicide.

– C'est décidé. Dans un quart d'heure j'enverrai un communiqué de presse dans lequel j'informerai qu'un dossier pour homicide a été ouvert contre X et qu'il t'a été confié.

– Entendu.

– Oh, et Rick… jusqu'à ce que nous ayons des résultats concrets, tu es libéré des affaires courantes !

– Soit tu me mets ça par écrit, soit tu le répètes pour que je puisse t'enregistrer.

– Toujours le mot pour rire, toi ! Allez, allez, j'ai aussi parlé avec le patron de la police judiciaire et avec la centrale d'urgence des carabiniers. Tu les as aussi à ta disposition. Rick, ils sont entre tes mains !

– La voiture de fonction est comprise dans le paquet cadeau ?

– *Ça va sans dire**, cher ami.

– Alors dans cinq minutes devant le bâtiment A.

– Ce sera fait.

Melchiorre tint parole. Une Fiat Stilo dans un état somme toute acceptable vint chercher Manrico avec à peine dix minutes de retard. Grâce au départ prématuré de feu Mèche d'Or, le rêve de tout enquêteur se réalisait : l'exemption des affaires courantes. C'est seulement dans les fictions médiocres que le procureur s'occupe

* En français dans le texte. (*NdT*)

d'une seule affaire à la fois, peut-être même dans un beau bureau lumineux, ou en interrogeant les suspects au bar devant un bon gin tonic… dans la réalité tout le monde fait un peu de tout, le jeu préféré consistant à s'approprier les affaires qui font la une des journaux en mettant de côté les plus insignifiantes, et la bureaucratie produit des effets dévastateurs. Mais, très bien, pendant quelque temps il pourrait se concentrer sur une seule chose. En plus, il avait même une voiture avec chauffeur, pas seulement lorsqu'il était de garde mais jusqu'à ce que l'affaire soit résolue. Ça ne durerait pas éternellement mais c'était en tout cas un bon point de départ.

8

À l'hôpital on lui dit que Gilberto Mangili était déjà sorti. Manrico téléphona à Cianchetti et lui demanda s'il avait laissé ses coordonnées téléphoniques.

– Si j'ai bien lu les constats de la Municipale, *dottore*, il me semble que son téléphone a été détruit dans l'accident.

Ils avaient cependant une adresse, via Tor de' Schiavi. Le chauffeur soupira. Apparemment l'idée d'une promenade en banlieue ne l'enchantait guère. Pas à cette heure de la matinée et avec cette circulation. Manrico profita des quarante minutes de traversée en direction du quadrant est de la capitale pour effectuer une recherche sur le Net. La Iso Rivolta Fidia, comme l'avait dit Mangili le soir précédent, était un modèle rare. Elle avait été fabriquée à moins de deux cents exemplaires. Les images montraient une robuste berline, assez spectaculaire et en tout cas très années 70. Elle faisait presque six mille de cylindrée et John Lennon était parmi les rares privilégiés à en avoir possédé une. Qui sait si Mèche d'Or l'avait voulue à n'importe quel prix, son Iso Rivolta, pour se sentir comme le mythique chanteur des Beatles.

L'homme habitait au rez-de-chaussée d'un immeuble de quatre étages. Un bâtiment populaire des années 60, sobre et carré. L'entrée donnait directement sur la rue et était précédée d'une petite cour avec une table et trois douzaines de chaises en plastique. Un de ces endroits où Rome cesse d'être la ville de la grande beauté pour devenir anonyme, l'énième centre de triage pour destins sans gloire. Mais Rome n'est pas, ne sera jamais comme le reste du monde. Aujourd'hui Tor de' Schiavi, hier vestiges impériaux ; la villa des trois empereurs Gordiens avec ses cinquante colonnes de marbre ; la guerre épique des patriciens contre ce proto-populiste de Cola di Rienzo. Où retrouver quelque chose de vaguement comparable ? Mangili n'était pas chez lui. Une éventualité que Manrico n'avait pas envisagée.

– Je vous offre quelque chose ? proposa-t-il.

L'invitation sembla adoucir le chauffeur qui n'avait pas arrêté de ronchonner depuis qu'ils avaient quitté l'hôpital. Au comptoir se tenaient trois maçons dans leurs salopettes tachées de chaux, deux des pays de l'Est et un Asiatique. Ils parlaient à voix haute un italien laborieux, riaient, se donnaient des claques sur l'épaule. De son côté, le barman était un Italien triste et renfrogné. Manrico se souvint que Pasolini avait tourné quelques scènes d'*Accattone* à Tor de' Schiavi. S'il avait vécu aujourd'hui, peut-être aurait-il cherché parmi les immigrés cette vitalité désespérée qu'il aimait tant chez ses *ragazzi*. Le procureur paya et le chauffeur et lui sortirent de l'établissement. Dans la rue, Mangili arrivait vers eux en boitant, la tête quasiment enfouie dans un sac en tissu avec un drôle de chien brodé dessus. Quand il en émergea, il tenait dans sa main un téléphone portable ancienne génération, un Nokia orange. Il faillit rentrer dans Manrico.

– *Dottore*.

– Mangili, je suis là pour vous poser quelques questions.

– J'étais allé m'acheter ça, se justifia-t-il en agitant le téléphone, le mien s'est cassé dans l'accident. Venez, allons chez moi.

– Merci, Mangili. Si vous pouviez me laisser votre numéro, comme ça si nous avions besoin de vous entendre, nous pourrions vous contacter facilement…

L'homme le lui dicta et Manrico prit note. Puis il lui demanda s'il était au courant.

– Que les freins ont été sectionnés ? Je l'ai lu. C'est insensé !

Il était pâle. Il avait l'air désespéré et ahuri.

– Parlez-moi d'hier. Du jour de l'accident.

– Le *dottore* était invité à ce show, *Nouvelle Star*. Ils enregistrent au studio de la via Poerio. Je suis arrivé chez le *dottore* à 18 heures, avec ma voiture, une Up. Le *dottore* et moi sommes montés dans la Fidia, et je l'ai accompagné aux studios. Là-bas ils n'ont pas de places de stationnement intérieures pour les voitures, je l'ai donc déposé devant l'entrée et je suis allé me garer. D'habitude, nous les chauffeurs on attend dehors, à côté de la voiture, pour être prêts si on nous appelle en urgence, mais hier après-midi le *dottore* m'a dit que si j'avais des choses à faire, je pouvais en profiter. Je pouvais aussi aller manger un morceau. Donc j'ai trouvé une place sous les murs de Villa Sciarra, devant la clinique qui se trouve là, en face, je veux dire ça doit être à deux ou trois cents mètres des studios d'enregistrement. Il pleuvait déjà. Après je suis allé dans une sorte de bistrot pour manger. Le *dottore* m'a appelé. Il avait terminé plus tôt. J'ai dit "j'arrive tout de suite", mais lui a dit "dis-moi où tu es garé, j'ai besoin de me dégourdir les jambes", et donc nous nous sommes retrouvés à la voiture. Nous sommes repartis et il est arrivé ce qui est arrivé... moi je crois que...

– Dites-moi.

– Peut-être que c'est ma faute. Si je n'avais pas laissé la voiture sans surveillance, on n'aurait pas pu sectionner les freins...

– Comment le savez-vous ?

– *Dottore*, sourit Mangili, on voit bien que vous ne vous y connaissez pas. Quand on coupe les tuyaux, le liquide arrête de couler, et les freins ne marchent plus. On peut faire cinq, six cents mètres et freiner une fois, deux fois au maximum, et ensuite...

– Vous en êtes sûr ?

– *Dottore*, demandez à qui vous voulez !

– Merci, monsieur Mangili. Nous vous entendrons de nouveau bientôt pour le procès-verbal.

– Monsieur le juge…

– Je vous écoute.

– Mais vous avez une idée de qui… de qui a pu faire une chose pareille ?

– Et vous, Mangili ?

– Je n'arrive toujours pas à y croire.

9

Pendant l'absence de Manrico, Orru et Vitale, déjà informées de l'ouverture officielle de l'enquête pour homicide, avaient préparé une certaine quantité de matériaux recueillis, pour la plupart, par les carabiniers et la brigade criminelle. Le procureur Melchiorre avait tenu ses promesses. Il pouvait vraiment compter sur des hommes et des moyens. Mais toute cette mobilisation n'était-elle pas excessive ? Au fond, on n'avait pas attenté à la vie du Pape ou de la reine d'Angleterre. Il se dit qu'il se montrait peut-être mesquin envers ce pauvre Mèche d'Or. Et peut-être que certaines règles de base de la conscience collective continuaient à lui échapper : pourquoi certains crimes déchaînent-ils immédiatement les passions alors que d'autres n'intéressent personne ? Bah. En tout cas, dans chaque enquête, c'est connu, les premiers pas peuvent se révéler décisifs. En même temps, certains de ces pas sont absolument obligatoires : le "par défaut" de l'enquêteur, pourrait-on dire. La rapidité d'exécution pouvait se révéler capitale, et donc disposer de faits certains était une excellente chose. Vitale se chargea de les résumer.

– Comme nous le savons, l'huile arrive jusqu'aux freins par de minces tuyaux. Un pour chaque roue. Dans le cas présent c'est le fil de la roue arrière gauche qui a été sectionné.

La policière montra deux agrandissements photographiques.

– Comme on le voit à ces marques dentelées, c'est une scie de type "flex" qui a été utilisée. Dans les jours qui viennent les carabiniers nous diront même de quel modèle il s'agit et si des traces ou des empreintes utiles apparaissent. Il y a des filaments, apparemment de tissus. Ils vont les analyser aussi.

Manrico observa les photos du tuyau sectionné, acquiesça, puis prit la parole.

– À partir du moment où le tuyau est coupé, la voiture a une autonomie de circulation de quelques minutes. On peut freiner trois ou quatre fois et ensuite le système s'éteint.

Orru et Vitale échangèrent un regard surpris. Le *dottore* s'était documenté. Un tel étalage de compétences ne lui ressemblait pas. Manrico restait impassible. Il n'aimait pas les moteurs, il n'aimait pas conduire et "ses" policières le savaient très bien. Mais pour une fois il pouvait s'amuser à les désarçonner. Le chauffeur prêté par Melchiorre avait confirmé les propos de Mangili, il jouait donc sur du velours.

Les trois policières firent converger sur lui leurs moues renfrognées. La nervosité dans les premiers échanges d'une enquête, d'accord, mais bon ! Vitale et Cianchetti évitaient de se regarder. Manrico sentit une tension. Les groupes qui viennent de se former sont problématiques, et puis il y a toujours cette fameuse règle du "trois" : trois individus qui collaborent tendent immanquablement à en exclure un. Une, en l'occurrence. Tant que l'exclusion arrive à tour de rôle, on peut survivre. Quand l'alliance se radicalise, alors on passe à l'acharnement et le groupe explose. Il se promit à nouveau de s'en occuper, en temps voulu. Pour l'heure, il y avait d'autres priorités.

– Entre le sabotage et l'accident, reprit-il, il ne peut pas s'écouler beaucoup de temps. Ça prouve que le premier a été commis pendant que Mangili déjeunait. On doit imaginer un inconnu qui agit vite. Par ailleurs, si j'ai bien compris, il faut se glisser sous le véhicule.

– Oui, *dottore*, confirma Orru.

– Ce qui explique peut-être pourquoi le responsable a sectionné un seul tuyau.

– Un seul suffit, tout le monde le sait! s'emporta Cianchetti.

Orru et Vitale foudroyèrent du regard la jeune inspectrice. Manrico s'éclaircit la voix.

– Je vois que mon peu d'expérience en la matière est connu, même de notre nouvelle collaboratrice. Quoi qu'il en soit je voulais souligner ce détail pour une raison bien précise. Il s'agit d'une opération qui, effectuée en plein air, sous les yeux de tout le monde, pourrait ne pas passer inaperçue. Notre homme a donc dû agir en quelques secondes. Un maximum de résultat pour un minimum d'effort.

– Comme un professionnel, insista Cianchetti.

– Si vous êtes en train de me dire que je n'aurais pas su où mettre les mains, je ne vous donne pas tort, répondit Manrico en s'adressant directement à elle. Mais, à part moi, tous ceux qui se trouvent dans cette pièce auraient été capables d'exécuter l'opération. Le mot "professionnel" ne me semble donc pas adapté, conclut-il.

Cianchetti rougit et refréna une réponse grossière. Au fond, elle s'était déjà montrée trop agressive. Orru et Vitale ricanaient. La tension entre les trois était évidente. Manrico soupira et regarda Cianchetti dans les yeux.

– Mais si une opération de ce genre ne passe pas inaperçue, quelqu'un a pu la remarquer. Ou elle a pu être filmée par des caméras.

– On est en train de s'en occuper, le rassura Vitale.

– Très bien. Autre question. Mangili n'est pas toujours resté à surveiller la voiture. Qui savait que Mèche d'Or allait participer à l'émission ?

– Toute l'Italie. *Nouvelle Star* est une émission très connue. Les réseaux sociaux regorgent d'annonces sur les invités de l'épisode suivant.

La remarque d'Orru fut accueillie par un acquiescement général. Même si ce n'était pas une bonne nouvelle.

– Toute l'Italie, concéda Manrico, donc on peut imaginer que quelqu'un ait pris en compte la circonstance initiale. Je veux faire du mal à Mèche d'Or et je l'attends là où je sais qu'il va enregistrer. Mais est-ce que je peux savoir où et quand il va garer la voiture? Est-ce que je peux imaginer qu'il n'y a pas de parking sur place? Oui, si je fais un repérage.

– Ou si je le suis, intervint Cianchetti.

– Toujours un truc à dire, celle-là, murmura Orru mais d'une voix assez forte pour qu'on l'entende.

Manrico sourit.

– Remarque intéressante. L'inconnu aurait pu suivre la victime. Mais sur le fait que Mangili ne soit pas resté à garder la voiture et qu'il ait pu ainsi agir... sur ce fait-là il ne pouvait y avoir que de l'incertitude de la part de notre homme. Ou de notre femme. Et alors, à moins de tomber dans le fantasme, les écoutes, les films d'action américains, les espions, etc., oui, il le suivait.

– Et il agit dès qu'il en a l'occasion, dit Cianchetti avec excitation. Homicide avec préméditation.

– Si on tient pour acquis que le suiveur voulait tuer depuis le début, riposta Manrico.

– Bah, je pense pas qu'il voulait l'inviter à déjeuner!

– Mais bon Dieu, Cianchetti, protesta Vitale.

Manrico l'arrêta d'un geste conciliant.

– C'est une hypothèse, Cianchetti, c'est une hypothèse, et peut-être que finalement elle se révélera juste. Mais j'ai trop d'années de plus que vous et j'ai assisté à trop de distorsions de l'âme humaine pour pouvoir m'en tenir à la première hypothèse.

Oh non, non, pas la morale, pensa Cianchetti en levant au ciel un regard plein de suffisance. Manrico fit mine de ne pas s'en apercevoir.

– Je suis d'accord avec vous sur un point: celui qui a suivi Mèche d'Or était animé de mauvaises intentions. Mais... tuer? En sommes-nous certains? Peut-être voulait-il provoquer des sortes d'explications. Et qu'au contraire l'occasion s'est présentée à lui et... qu'il a décidé d'agir. Mais sur le moment, à l'improviste...

– Il s'est servi d'une scie. Il l'a emportée de chez lui, *dottore* !

– Ou bien il l'a achetée pendant le laps de temps où Mangili a laissé la voiture sans surveillance ? Avons-nous fait une recherche dans les quincailleries ? Est-ce que nous savons s'il y en a dans le coin ? Nous sommes-nous au moins posé la question, Cianchetti ?

Non. Ni Cianchetti ni les habituellement très efficaces Orru et Vitale n'y avaient pensé. Orru se hasarda sur l'ordinateur et commença à chercher. Manrico sourit. Il n'y avait pas pensé lui-même, il avait attrapé l'idée au vol. Et ça ne servirait à rien car Cianchetti avait probablement raison. Il s'agissait à quatre-vingt-dix pour cent d'un homicide avec préméditation. Mais parfois le lion doit rugir, ne serait-ce que pour rappeler le son de sa voix à la forêt. Il se racla la gorge et planta son regard dans celui de Cianchetti.

– Et les poubelles, est-ce qu'on a vérifié les poubelles ?

– Là-dessus je peux répondre, *dottore*, intervint Vitale.

– Allez-y.

– C'est la première chose à laquelle nous avons pensé quand nous avons appris qu'il ne s'agissait pas d'un accident. Malheureusement...

– Malheureusement ?

– Les éboueurs les ont vidées hier soir, aux alentours de minuit.

– Ah put... désolée, explosa Cianchetti, en bas de chez moi ils les laissent pendant des semaines, y a des troupeaux de rats qui bouffent dedans, pour une fois que ça pouvait servir !

Elle vous faisait quand même marrer, Cianchetti, de temps en temps. Manrico reprit le contrôle de la situation.

– Bon. À ce stade, la théorie de l'homicide avec préméditation est la plus crédible. Quelqu'un en veut à mort à Mèche d'Or, programme son élimination et la réalise. Qui ? Pourquoi ? Est-ce qu'il le fait lui-même ? Est-ce qu'il paie quelqu'un ? C'est ce que nous devons découvrir. Attention, l'homicide est un point de non-retour. Ça demande de la force, de la froideur… et d'où peuvent bien venir cette force, cette froideur, cette décision… sinon du passé… nous devons creuser au fond de la vie de M. Diotallevi, alias Brans, alias Mèche d'Or. Parce qu'il est fort probable que le germe se cache quelque part dans cette vie… l'origine du crime. Par conséquent, Mangili, qui était très proche de lui, l'homme de confiance, le Figaro de la situation, devient important pour nous.

Vitale sourit. Quant à Cianchetti, elle le regarda de travers : *e mo' chi cappero è 'sto Figaro*, et là c'est qui c'te Figaro, bon sang ? Manrico reprit, dans un demi-sourire :

– Nous allons réentendre Mangili et tous ceux qui étaient liés à la victime, la famille, les gens qui travaillaient avec lui… Vitale, que sait-on sur sa famille ?

– Il a un fils qui vit à Londres, qu'il a eu avec une première femme qui est morte, et une fille avec son actuelle compagne, ou plutôt sa femme, il l'a aussi épousée, oui, les deux vivaient avec lui ici à Prati…

– Sur son travail ?

– J'ai trouvé deux articles sur Internet, *dottor* Spinori. Apparemment, le mort était lié à un certain Cuffari, une sorte d'agent, de manager, quelque chose comme ça.

– Bien. On se procure les listings et on les met tous sur écoute. On lance aussi les écoutes environnementales. La femme, la fille, le fils anglais dès qu'il rentre en Italie et Mangili, naturellement. Cianchetti, pour ne rien laisser de côté, allez faire un tour aux studios de la via Poerio, là où on enregistre cette émission.

– Il y a trois quincailleries dans les environs, il me semble que c'est inutile de chercher plus loin, annonça Orru en émergeant de l'écran.

– Cianchetti, vous vous occupez de ça aussi, ordonna Manrico.

10

À une autre époque, le 8 août 1991 précisément, un navire marchand du nom de *Vlora* avait accosté dans le port de Bari. Il transportait un chargement de cannes à sucre cubaines. Et vingt mille réfugiés fuyant une Albanie dévastée par la crise due à la chute du communisme. Plus tard, surtout grâce au merveilleux accueil des gens des Pouilles, cette inhabituelle vague migratoire avait été absorbée et les Albanais de seconde génération se considéraient déjà tous comme des Italiens à part entière. Mais les débuts avaient été durs. Pendant quelques jours les réfugiés avaient été logés (si l'on peut dire) dans l'ancien stade Della Vittoria qui avait repris du service pour l'occasion après sa mise à la retraite l'année précédente à la suite de la construction du nouvel équipement financé avec l'argent de la coupe du monde de football Italia 90. Une nation mobilisée pour ce qui aurait dû être l'apothéose de la cinquième puissance industrielle du monde. Dommage que l'unique prouesse de la médiocre carrière d'un attaquant argentin ait brisé le rêve de la nuit italienne. Comme le triste présage d'un déclin imminent. Bref. Parmi les malheureux qui s'entassaient sur ces gradins se trouvait une jeune fille d'à peine plus de vingt ans : Alina Bukaci. Et à présent, en milieu d'après-midi, elle était assise face à lui, polie et affligée, à côté de sa fille. Ils étaient dans le vaste salon de l'élégante villa Liberty de feu Mèche d'Or, via Ovidio, au cœur du quartier des Prati. La patte d'un décorateur en vogue se remarquait dans l'agencement des bibelots et dans une insoupçonnable sobriété de l'ensemble que Manrico avait du mal à associer à l'artiste un peu vulgaire que le propriétaire avait été de son vivant. Le procureur avait voulu accompagner les quatre carabiniers désignés pour la perquisition de routine. S'y rendre en personne était le meilleur moyen d'observer les deux femmes dans leur habitat.

Par rapport aux images d'Alina Bukaci qui circulaient sur Internet, la jeunette provocante aux seins généreux et aux longs cheveux roux, la chanteuse venue d'Albanie, l'indiscutable beauté sauvage qui avait fait perdre la tête à un Mario Brans déjà plus tout jeune avait cédé la place à une quinquagénaire lisse, voire osseuse, manifestement passée par les soins amoureux de quelque chirurgien esthétique de valeur. Métamorphose d'une migrante déguenillée en châtelaine ou reddition face à l'inexorable fuite du temps ? Ou les deux à la fois ? Quant à Clara, elle était tout à fait charmante mais moins impétueuse que sa mère au même âge : de bonnes écoles et un milieu approprié avaient sans doute émoussé en elle la rugueuse sensualité d'Alina. Elle semblait très abattue par la disparition de son père. Pâle. Elle avait du mal à retenir ses larmes. Alina était en revanche plus maîtresse d'elle-même.

Manrico formulait les questions rituelles d'une voix douce. À entendre la veuve – elle était d'ailleurs la seule à parler – la situation familiale était idyllique. Stefano, ou Mario Brans, était le meilleur homme du monde, attentionné, affectueux, gentil. Artiste, bien sûr, profondément artiste, et à ce titre un peu fou, mais c'est connu, qui voudrait priver un génie de son grain de folie… ils s'étaient rencontrés tout de suite après le débarquement, par pur hasard. Alina, à peine libérée du stade, avait été confiée à une famille de parents éloignés, des gens du Salento. Il y avait une fête de village et elle s'était produite pour quelques chansons. Quelqu'un avait tourné une vidéo avec une caméra amateur. Mèche d'Or était tombé sur ces images improvisées et avait divorcé en deux temps trois mouvements de sa première femme, Tina Morini. Wikipédia la donnait pour morte en 2017, des suites d'une longue maladie.

– Puis Clara est arrivée et j'ai arrêté de me produire.

– Cela vous a beaucoup coûté ?

La mère et la fille échangèrent un regard ému.

– Elle est toute ma vie, d*ottore*. Surtout maintenant que Stefano n'est plus là !

Une mère et une fille exemplaires, jusqu'à la bonne réplique au bon moment. Mais cette petite scène familiale n'était-elle pas un peu trop parfaite ? Cianchetti, pour être précis, aurait détesté tout ce miel. Il allait poser sa dernière question quand il reçut un appel sur son portable. Il s'excusa auprès des deux femmes et s'écarta.

– Richè ?

Une seule personne au monde pouvait l'appeler Richè, et parfois même Richetto. Bruno le boucher.

– Bru', mais là je ne peux pas.

La voix habituellement caverneuse de son vieil ami était étrangement aphone.

– Elle est avec moi.

– Qui ça ?

– La comtesse.

– Ah. Et…

– Elle a un chèque.

– Un chèque ? Un chèque de qui ?

– De Camillo.

– Combien, cette fois ? soupira Rick.

– Deux cents euros.

– Bon… comment elle est ?

– La comtesse ? Agitée, comme toujours. Qu'est-ce que j'dois faire, Ri' ?

– Tu peux t'en occuper ? Moi je passe…

– Bien sûr, Richetto ! Je m'en charge. Tu passes quand tu peux !

Il mit fin à la conversation en secouant la tête. S'il est vrai que tout le monde cherche une façon d'éloigner l'idée de la fin, celle qu'avait choisie la comtesse était décidément la plus coûteuse. Le problème était que Manrico ne pouvait pas tout simplement s'en foutre. La comtesse, après tout, était sa mère.

– Tout va bien, *dottore*?

Bukaci le scrutait avec un air qui lui sembla excessivement inquiet. C'est du moins ainsi qu'il l'interpréta d'instinct.

– Madame, soupçonnez-vous quelqu'un d'avoir voulu la mort de votre mari?

Elle hésita, se mordit la lèvre, puis fit signe que non.

– À ce stade il n'est pas nécessaire de le verbaliser, ajouta Manrico comme s'il pressentait une ouverture, mais si vous pensez que quelqu'un...

– Je n'arrive vraiment pas à imaginer que quelqu'un puisse nous haïr au point de... de tuer une personne aussi magnifique que Stefano... conclut-elle après une courte pause.

Il n'y avait rien d'autre à ajouter. On fit venir les domestiques, Mandi et Shobba Kumar, des Indiens, réservés, fiers, mari et femme, environ cinquante ans. Ils se trouvaient la veille à Latina, pour le mariage d'un cousin.

– Il épouse une sikh, souligna l'homme avec une moue déçue, nous, nous sommes hindous.

– Mais c'est quelqu'un de bien, oui, monsieur, quelqu'un de bien, se sentit obligée de souligner la femme.

La rivalité ethnique mise à part, il s'agissait de deux travailleurs honnêtes et irréprochables, ils étaient sincèrement effondrés.

Quand il sortit dans le jardin de la villa, Manrico vit venir vers lui un adjudant jeune et athlétique qui lui tendait, tout excité, une tenaille. Sous-entendu: on pourrait avoir sectionné le tuyau de freins avec cet outil. Il lança un regard neutre au vigoureux militaire.

– Est-ce qu'il a des dents, cet outil ?
– Pardon, *dottore* ?
– C'est une scie dentelée ?
– Non.
– Alors inutile de le placer sous scellés.
– À vos ordres.

11

Dans les trois quincailleries aux alentours du lieu du crime, le jour du crime, aucune scie de type “flex” n’avait été vendue, ni même une scie circulaire éventuellement compatible avec l’arme du crime. Il était hautement probable que l’assassin ait emporté l’outil de chez lui. La thèse de la préméditation prenait corps. Après sa descente infructueuse dans les magasins, Cianchetti partit à la chasse aux informations dans les studios de télévision de la via Poerio. De petits studios, rien à voir avec la Rai ou Mediaset, sans parler de Cinecittà, lui expliqua Marta, une nana en leggings noirs et blouson, aux cheveux un peu roses et un peu verts qui s’était présentée en tant que “secrétaire de production”.

C’était peut-être un petit studio mais Cianchetti, qui n’en avait jamais vu un en vrai, n’échappa pas à une grande émotion. La télévision, après tout, était le rêve d’une bonne moitié des personnes qu’elle fréquentait et connaissait, y compris les amies avec lesquelles elle avait grandi. La télévision. La télévision c’est pas pour les filles sérieuses, disait l’autre moitié de ses connaissances. Ceux qui rêvaient de télévision étaient les plus sympathiques. Deborah était instinctivement de leur côté. Concentrée sur l’exploration des lieux, elle heurta un petit type grassouillet avec des cheveux blancs et un improbable postiche noir. Elle s’excusa. Il la fixa d’un air tout d’abord critique, puis intéressé, et finit par s’adresser à Marta d’une petite voix qui ressemblait au cri d’une souris pour lui demander si son amie était d’accord pour faire un petit essai.

– Je suis inspectrice de police, l'arrêta Deborah.
– Une vraie ?
– Tout ce qu'il y a de plus vrai.
– Oh mon Dieu ! Je te vois bien dans une scène sexy avec un gros pistolet, boum boum ! Salut, mes jolies !
Marta lui barra le passage.
– David, l'inspectrice enquête sur l'homicide de ce pauvre Mèche d'Or.
– Oh, ce pauvre cher homme ! Quelle fin horrible ! Ici nous sommes tous bouleversés !
– Vous pensez vraiment ce que vous dites ? intervint Deborah.
Le type la regarda d'un air vaguement méprisant.
– Bien sûr, ma jolie. Même si ça ne se voit pas. *The show must go on*, tu sais ! Salut, trésor !
Marta écarta les bras.
– Il est comme ça, David, c'est à prendre ou à laisser.
– Il est metteur en scène ?
– Auteur. C'est lui qui a inventé les émissions de téléréalité qui ont le plus de succès. Il est en coulisse mais il est très influent. À mon avis, vous lui avez tapé dans l'œil.
La policière haussa les épaules et regarda autour d'elle. Elle vit défiler sous ses yeux une espèce de ministère en miniature. Des couloirs encombrés de fils et de techniciens qui déplaçaient d'énormes caméras montées sur trépied, des structures surélevées recouvertes de linoléum sur lesquelles étaient suspendus tout un tas de projecteurs, des régies peuplées des lumières clignotantes de dizaines d'écrans branchés sur les principaux canaux satellites et terrestres, de petits salons avec des fauteuils rouges et des tables basses sur lesquels étaient posés des emballages de bar contenant des restes de croissants, une salle de maquillage avec une coiffeuse en train d'arranger les cheveux d'un visage connu des programmes de l'après-midi. Et partout des gens qui allaient et venaient,

l'air affairé, et qui ne semblaient même pas s'apercevoir de sa présence. Et pendant ce temps Marta continuait à ouvrir une porte après l'autre, présentant et expliquant de sa voix grave de fumeuse.

– On est un service indépendant qui gère des dizaines de programmes, y compris pour des chaînes importantes, de la production externalisée, on vit de notre travail, s'arrêter c'est mourir et nous on ne peut pas mourir, l'émission qu'on a enregistrée hier devait être diffusée samedi mais on a décidé de l'avancer, si vous venez avec moi je vous la montre en avant-première.

– Vous pourriez m'en faire une copie ?

– Donnez-moi une adresse et je vous envoie le lien.

– Vous étiez là, je veux dire hier ?

– Ça, c'est le studio 3, comme vous voyez c'est là qu'on enregistre le talk-show du mercredi, *Aujourd'hui c'est déjà demain*, celui où il y a chaque fois un invité mineur qui met l'expert de service en difficulté avec ses questions embarrassantes, vous l'avez déjà vu, non ? Pardon, vous disiez ?

– Vous étiez là, hier ? Vous avez vu l'émission avec la victime ?

– Bien sûr.

– Et ?

– Tout était normal. Il était sympathique et détendu, comme d'habitude. Aucun problème. Absolument aucun.

– Vous savez quand Brans est arrivé ?

– Quand je l'ai vu il était déjà dans le studio, il devait être six heures et demie.

– Combien de gens travaillent ici ?

– Ça dépend.

– De quoi ?

– Des types de programme, des saisons, des contrats...

Au mot "contrat", un pli amer s'était dessiné sur le visage de Marta. Cianchetti demanda des explications.

Elle répondit qu'ils étaient tous précaires. Engagés pour trois mois, puis licenciés pour la forme, puis éventuellement réengagés quelque temps plus tard afin d'éviter la régularisation et les syndicats toujours aux aguets.

– Vous travaillez beaucoup ?

– Certains jours, jusqu'à douze heures.

– Par curiosité, combien gagne quelqu'un comme vous ?

– Je crains de ne pas être autorisée à révéler cette information. Sérieusement, je ne voudrais pas avoir de problèmes.

Deborah resta sans voix. Mais c'était la mafia qui commandait là-dedans ou quoi ?

– Vous seriez en mesure de me procurer la liste de toutes les personnes qui se trouvaient dans les studios hier, disons entre dix-huit et vingt heures, vingt heures trente ?

Elles avaient terminé leur tour et étaient revenues au point de départ, le hall condamné – "les travaux ne sont pas encore terminés", avait encore précisé Marta.

– Vous voudriez les noms…

– De tout le monde, Marta. De tout le monde.

Marta sourit.

– S'il y a bien une chose qui fonctionne ici, c'est la surveillance. Il y a un registre de tous ceux qui entrent et sortent et des horaires d'entrée et de sortie. Comme ça ils nous contrôlent mieux, mais ne dites pas que je vous l'ai dit, je vous en supplie.

– Et le public ? Ceux qui viennent assister aux enregistrements ?

– Ils gardent les papiers d'identité et délivrent un "pass".

– Vous pouvez me procurer cette liste ?

Elle accompagna Marta à la guérite et, tandis qu'elle parlait à voix basse avec les agents, elle s'alluma une cigarette. Elle avait à peine tiré deux bouffées qu'elle faillit entrer en collision avec un jeune homme qui se dirigeait vers la sortie et qui, absorbé dans une conversation au téléphone, n'avait pas fait attention à elle.

– Oh, regarde un peu où tu vas !

Et en plus il protestait, le morveux ! Il l'avait bousculée, distrait qu'il était, et en plus il protestait ! Cianchetti s'apprêtait à lui clouer le bec quand l'autre pâlit et se fit encore plus petit que le nabot à moitié chauve qu'il était.

– In… inspecteur, excusez-moi, j'avais pas fait attention…

En l'observant mieux, elle aussi le reconnut. Pinocchietto. Un petit dealer de Pigneto que Deborah avait foutu en taule – mais le petit comte Manrico aurait sans doute préféré "aimablement confié aux bons soins de l'administration" – au moins quatre fois.

– Salut Pinocchiè, qu'est-ce que tu fous là ?

– Je travaille, inspecteur, je travaille.

– Et tu fais quoi comme travail ? Ton boulot habituel ou tu t'en es inventé un clean, cette fois ?

– Clean, inspecteur, ricana le type qui possédait à sa façon un certain sens de l'humour, on m'appelle M. Propre tellement j'suis clean…

– Raconte-moi un peu ça, mais tu étais là hier ?

– Je veux !

– Et tu as vu le chanteur, Mèche d'Or, celui qui a été tué ?

– Pauvre vieux, quelle fin horrible ! Non, hier je travaillais dans un autre studio, je sais rien de cette histoire…

Marta revint, salua Pinochietto et remit à Deborah un dossier contenant quelques photocopies.

– Inspecteur, geignit Pinochietto, si vous avez plus besoin de moi…

Deborah acquiesça. Le dealer qui, à l'entendre, s'était racheté une conduite, s'éclipsa. Interrogée, Marta confirma que c'était un brave garçon, toujours aimable et disponible, peut-être un peu fruste mais, d'un autre côté, la plupart des employés de la télévision n'avaient pas fréquenté Trinity College. Deborah et Marta se serrèrent la main.

– Entre les employés et les invités, il y a cent trente-cinq noms, précisa la fille, je les ai comptés. Et soixante pour le public.

Cela faisait donc environ deux cents individus à trouver, sonder, examiner. Deborah avait déjà en tête quelques agents fraîchement nommés sur qui se décharger de cette corvée. Marta ne retirait pas sa main. Deborah eut un air interrogateur.

– Mille trois cents euros, inspecteur, murmura la fille, je gagne mille trois cents euros, heures supplémentaires comprises.

– C'est pas lourd.

– Avec un diplôme de sciences de la communication, c'est une misère. À votre avis, il y a du boulot dans la police ?

12

Alors que la nuit commençait à tomber, Manrico entra dans un bar anonyme de la via Ippocrate, dans le quartier de Nomentano-Italia, s'approcha d'une table adossée à un mur de carrelage jaunâtre froid, s'éclaircit la voix et laissa tomber une main sur l'épaule d'un gros type à l'air triste en train de boire un tonic à petites gorgées.

– Richè, *te possino*, toi alors ! Y avait pas urgence !

– Comment ça va, Bru' ?

– Et comment tu veux que j'aille ? Au poisson bouilli et à la soupe, ils m'ont mis, *mortacci loro*, leurs sales morts, moi qui m'enfilais un demi-kilo d'amatriciana midi et soir ! Au moins heureusement qu'aujourd'hui y avait pas la grève des chauffeurs, *mortacci loro*, hier j'ai failli pas pouvoir sortir de chez moi !

Bruno tenait depuis cinquante ans une petite boucherie dans le marché couvert de la via Catania et était depuis toujours le fournisseur de confiance des Spinori. La comtesse et lui avaient le même âge. Manrico était persuadé que toute sa vie il l'avait aimée et vénérée en silence. C'était un vieux communiste comme on en fait plus et un grand supporter de la Roma. Quand Manrico était petit, il lui avait appris les rudiments du dialecte du quartier des Belli et l'amour du maillot jaune et rouge : des sujets tabous dans sa famille d'aristocrates. S'il existait un peuple romain généreux, altruiste et élégant, il en était le représentant.

– Qu'est-ce que tu bois ?

– Rien, Richè, rien. Ça va.

– Et la Roma, qu'est-ce que tu en penses ?

– Qu'est-ce que tu veux que je te dise ! Un jour on dirait qu'on est les rois du monde et le jour d'après on fait pitié. Y a des hauts et des bas, pas vrai ? On n'a pas les sous de ceux d'en face, ça c'est sûr. En plus les arbitres sont toujours contre nous. Et tu sais pourquoi ? Parce qu'on est romains !

– Et le parti ?

– Quel parti ? s'assombrit Bruno. Il existe encore le parti ? Tu l'as rencontré ? Si tu le vois, dis-lui bonjour de ma part !

Le procureur mit sa main au portefeuille et en sortit deux billets de cent.

– Deux cents, c'est ça ?

– Écoute, je voulais te dire…

– Allez, Bruno, arrête. Deux cents.

Sans dire un mot, le boucher lui tendit le chèque : il était signé de Camillo Angelini. Contrairement aux autres fois, le titre n'était pas froissé et couvert de taches et la signature n'était pas grossièrement imitée, il semblait même authentique.

– Cette fois elle l'a fait dans les règles de l'art, commenta Manrico.

– C'est ce que je voulais te dire ! D'après moi, c'est pas un faux !

– Mais arrête ! Camillo sait très bien comment il doit se comporter. J'ai donné des instructions précises !

– Et toi tu lui fais confiance ?

– Allez Bru', *e pijate 'sti euri*, et prends-les ces euros, que je suis pressé !

– T'es toujours pressé, toi ! bougonna Bruno en empochant les billets. Tu enquêtes sur le chanteur ?

– Précisément.

– Écoute, je vais te dire une chose : celui-là, c'était un vrai fils de pute !

– Qu'est-ce que tu en sais ?

– Il était de Testaccio, comme moi. Je me souviens de lui quand il était morveux, il prenait des airs de tapette mais c'était que du flan. Celui-là, pour l'argent, il aurait été capable de vendre sa mère.

– C'est vrai, Bru' ?

– Un genre de marteau-piqueur, si tu vois ce que je veux dire.

– Je vois, je vois.

– Alors ça se comprend qu'à un type comme ça, on lui coupe les freins… Je suis désolé pour le pauvre gars qui a failli aussi y passer… Oh, quand vous attraperez ce salopard, faudra qu'il prenne plus cher pour l'homicide raté que pour l'homicide réussi !

– J'ai toujours su que tu avais un curieux sens de la justice, Bruno.

– Richè, n'oublie pas que j'ai un casier vierge !

Pour l'opinion publique, il s'agissait de la mort d'un homme à femmes. Comme toujours : l'or ou la passion, *priffe o pelo*. Mais pour le moment, même si le défunt ne ressemblait pas vraiment à un miséreux, l'or, on n'en avait pas parlé. Presque par automatisme, le mélomane qui sommeillait en lui pensa au prince des séducteurs. Don Juan. Par ailleurs, se perdre dans ce genre de pensées était courant chez Manrico. Son credo était implacable : il n'existe pas d'expérience humaine – crime compris – qui n'ait pas déjà été racontée dans un opéra lyrique. Il suffit de trouver lequel. Et remettre le mélodrame de la réalité au centre de la scène. L'opéra de référence pour la mort de Mario Brans pouvait-il donc être le *Don Giovanni* ? Et si c'était le cas, y avait-il un Commandeur ? Le mort-vivant qui apparaît sous la forme d'une statue et accepte l'invitation de don Giovanni, son assassin ? Et qui était la statue sortie de sa tombe pour entraîner le damné aux Enfers ? Si Scognamiglio, son adjudant de confiance, était encore là, ils auraient pu en parler tous les deux. Scognamiglio aurait su fouiller dans la vie du mort et ensemble ils auraient découvert la veine aurifère. Mais il devait faire avec Cianchetti. Et il devait donc garder pour lui ses intuitions liées à l'opéra. Qui ne vont pas avec un substitut du procureur de la République. Un substitut du procureur de la République fait la chasse aux délinquants, enquête sur les délits et, selon certains fanatiques du *Law & order*, quand il n'en trouve pas assez, il en fabrique : car quand on creuse on trouve toujours quelque chose de pourri, même chez la personne qui semble la plus insoupçonnable et la plus irréprochable. S'il avait divulgué sa Weltanschauung, il n'aurait rencontré que du scepticisme. Et peut-être du sarcasme et de la médisance. Des denrées qui n'étaient pas rares au Palais de Justice, et même qui abondaient. Évidemment il aurait pu raconter qu'il avait capturé le serial killer tyrolien Hofs en écoutant et réécoutant de manière obsessionnelle *La Wally* de Catalani jusqu'à ce qu'arrive l'illumination. Mais on ne l'aurait pas cru. Trop compliqué.

Une pensée en entraînant une autre, on était arrivés sur le quai du Tibre. Il avait donné congé au chauffeur pour le longer à pied. Un peu d'exercice ne pouvait que lui faire du bien. Il négligeait honteusement sa forme physique. Il devait faire quelque chose. Pour l'instant, profiter de cette promenade. Une soirée incroyablement douce, les lumières jaunes des réverbères qui se reflètent dans les eaux sombres du fleuve, ici un ange de Cellini, là un portique de Borromini, là-haut une suggestion caravagesque, en bas le frétillement rapide de la queue d'une petite souris… rien à faire. Jamais il ne s'habituerait à la magie charlatanesque de Rome. Il était prêt à se laisser surprendre, conquérir, envahir comme quand, petit garçon, il découvrait la fontaine de la place Navone ou le pont des Quatre Têtes. Maudite soit la beauté déchirante de Rome au crépuscule.

Alors qu'il passait la porte du palais Van Winckel, la demeure de ses ancêtres, il se sentait étrangement plein de vie. Mieux – ou pire : euphorique.

Avant que Camillo ne parvienne à demander si le "petit comte" avait l'intention de "souper" à la maison, Manrico lui agita sous le nez le chèque qu'il avait racheté à Bruno.

– Tu devrais faire plus attention à tes affaires, Camillo.

Le majordome rougit et baissa la tête. Manrico comprit instantanément que Bruno le boucher ne s'était pas trompé. La signature était authentique. Sa mère n'avait pas volé. C'était Camillo qui le lui avait donné.

– J'avais pourtant l'impression d'avoir été clair !

Camillo leva des yeux de chien battu qui attend une caresse compatissante.

– Elle n'a plus que ça, murmura-t-il, il ne lui reste rien d'autre.

Manrico soupira. Sa mère avait été diagnostiquée ludopathe. Elle l'était devenue. À l'origine elle était forte, décidée, une architecte de combat, politiquement portée à l'extrémisme – mais c'était l'époque où le virus de la révolution s'était diffusé dans les classes supérieures –, une mère parfois froide, voire impitoyable. Lorsqu'il était adolescent, Rick l'avait crainte mais avait par ailleurs toujours été certain de pouvoir compter sur sa complicité. Puis le démon du jeu s'était emparé d'elle. Il n'existe pas de raisons précises à ce qu'une telle chose se produise. Ou peut-être que si, mais en tout cas ni lui ni son père, Giacomo, qui l'avait pourtant tant aimée, n'avaient réussi à les découvrir. Et ainsi, après la mort de Giacomo, quand la maladie avait dégénéré, ils avaient tout perdu. Y compris l'hôtel particulier dans lequel ils étaient autorisés à continuer de vivre par le fonds qui en était devenu propriétaire. Un des principaux investisseurs était un ancien avocat, un collectionneur raffiné qui, un demi-siècle auparavant, tout comme Bruno, avait été éperdument amoureux d'Elena. Sa mère était autrefois si belle !

Camillo posa une main sur son épaule.

– Et puis, combien de temps lui reste-t-il à vivre ?

Et voilà, encore une fois, cette maudite pitié, ce maudit chantage aux sentiments exigeait son tribut du sang. Il en avait assez de céder. Bien sûr il ne s'agissait pas de s'en prendre à Camillo aux yeux humides. Mais avec la vieille folle, c'était une autre histoire.

– Maman ! cria-t-il en montant au pas de charge le grand escalier qui menait aux appartements de la comtesse. Maman, il faut que je te parle !

Et il espérait que son ton paraîtrait assez sévère pour laisser transparaître l'indignation.

Elle se tenait sur le seuil, en robe de chambre rose et mules à pompons, et jouait gracieusement avec sa longue tresse blanche. En voyant son fils, son fils unique, son visage aigu se détendit dans un sourire accueillant.

– Mon trésor, tu ne vas pas me croire. J'ai gagné cinq cent mille lires !

– Tu veux dire deux cent cinquante euros.

– Ah oui, excuse-moi, je veux dire cinq cents, cinq cents euros, mon trésor.

Et quand son sourire accueillant se transforma en un sourire lumineux et béat, Rick comprit pour la énième fois que se battre ne servait à rien. On pouvait seulement résister, pour ce que ça valait.

– Bravo, concéda-t-il en s'adoucissant un peu.

Elle sembla apprécier puis un éclair malicieux passa dans ses yeux sombres.

– J'espère que tu vas te changer pour le dîner, Manrico.

Et pour finir elle lui ferma délicatement la porte au nez.

13

Le professeur Gatteschi donna le *la* et sa jeune assistante enfonça le bistouri dans la cage thoracique. L'autopsie, comme les règles l'imposaient, commençait par l'incision en Y. Dans la mesure, bien entendu, où l'on disposait d'un cadavre en conditions acceptables. Pour ne perdre aucun détail important, Gatteschi enregistrait ses considérations sur son iPhone. La jeune femme suivait les instructions du professeur avec le plus grand scrupule.

– Fracture numéro un…

Manrico s'approcha de la table de dissection. Trente années de fréquentation du post mortem lui avaient appris à contrôler sa nausée. Le mystère des corps inertes continuait à exercer sur lui une sorte de fascination perverse. Dans un homicide par revolver, par exemple, on part du cadavre pour se faire une idée du cadre général. L'arme utilisée pour tirer, la distance entre le tireur et la victime, la durée des spasmes de l'agonie, le lieu et le temps de l'action, les éventuelles traces biologiques laissées par le bourreau. Tout cela aidera à comprendre l'action (ou peut-être la réaction) et à livrer l'auteur du crime à la justice. Une affaire de médecins, de chimistes, de techniciens de laboratoire. Et, évidemment, de flics. Mais les raisons, les motifs qui ont induit la transformation d'un être vivant en matière inerte, la cause, ou les causes… voilà quelque chose qu'on ne peut pas demander à un cadavre. Le pourquoi est ailleurs. Il est dans les êtres humains, dans leurs passions, dans les sentiments, dans l'amour ou la haine, dans la perversion et dans la négligence, dans la volonté et même dans le hasard. Seule une méticuleuse reconstruction de cette trame épaisse peut donner un sens à la fin, et expliquer si ce cadavre est le résultat d'un long tourment, le développement logique d'une chaîne d'antécédents, l'éboulement soudain d'un terrain qui semblait solide, la fissure qui s'élargit subitement au beau milieu d'une autoroute à peine inaugurée ou simplement la punition bizarre infligée par un Dieu ombrageux et sclérosé. Et cette fois encore…

– Pour un quasi septuagénaire, il était assez en forme, conclut Gatteschi.

– Le foie ? La bile ? On peut vérifier les fluides ?

– Pourquoi ? On ne l'a quand même pas empoisonné !

Cianchetti venait de croiser un dealer notoire, voilà pourquoi. Et ils n'avaient pas encore d'idée claire, voilà pourquoi.

– Par scrupule. Allez, faisons-les, ces analyses.

– Il y a la queue, dehors, mon cher.

– Je les attends pour demain, cher ami.

– On n'est pas au marché, tu sais.

– Tu as déjà dit non à Melchiorre quand il t'a demandé d'avancer l'autopsie. Tu veux vraiment le mettre en rogne ?

– Et depuis quand tu te soucies de Melchiorre ?

– Bah, plaisanta Manrico, il a mis une voiture de fonction à ma disposition…

– Justement. Fais-la durer plus longtemps, non ? Plus de temps, plus de voiture…

– Allez, ne te fais pas prier…

– Vous marchez à l'aveuglette ? ironisa l'anatomopathologiste.

– Pour l'instant on n'a encore personne dans le collimateur, ironisa-t-il en retour.

– Rick, si tu veux une analyse en bonne et due forme, sur les délais techniques je ne peux rien faire.

– Tu es le meilleur.
– Disons lundi matin, alors.
– Merci.
– Peut-être.
– Peut-être ? Est-ce que par hasard tu aurais mis ton dictionnaire à jour ? Avant, tu ne connaissais pas ce mot…

Manrico se dirigea vers la sortie. Tandis qu'il attendait l'arrivée d'un ascenseur à la lenteur biblique, l'assistante le rejoignit. C'était une jeune femme d'environ trente ans, le corps menu et musclé, les yeux gris, les cheveux décolorés parfaitement ordonnés. Pour Dieu sait quelle raison, même si elle exerçait dans l'ombre de Gatteschi depuis plusieurs années, Manrico n'avait pas encore réussi à mémoriser son nom.
– *Dottore*, je peux vous demander quelque chose ?
– Je vous écoute.
– Pourquoi venez-vous toujours aux autopsies ?
– Parce que cela fait partie de mes devoirs institutionnels, répondit-il sèchement.
– Tous vos collègues ne le font pas. Au contraire…
– Eh bien disons que j'aime voir de mes propres yeux.
– Ce n'est pas parce que vous n'avez pas confiance en nous, j'espère.
– Mais qu'est-ce que vous racontez ? protesta-t-il en feignant d'être scandalisé. Gatteschi est une lumière, et avant tout un ami.
– Tant mieux !
Elle sourit, d'un sourire qu'il trouva sur le moment aussi ambigu que prometteur, puis rougit, et enfin s'évanouit tel un elfe éthéré.

Cependant Manrico avait menti quand la doctoresse lui avait demandé la raison de sa présence constante aux autopsies. Trente-deux ans auparavant, un après-midi d'hiver, dans une salle d'université, sous une lumière froide, un jeune professeur Gatteschi, alors assistant, avait ouvert un ouvrier tombé d'un échafaudage. Un homme d'âge moyen encore vêtu de sa salopette pleine de chaux. Il semblait dormir. Seule une petite fêlure au centre de son front altérait l'apparente dignité de ses traits grossiers : son large visage était incrusté de rides, ses yeux, entrouverts, étaient voilés d'une indignation stupéfaite. Pourquoi moi, semblaient-ils se demander. Parmi les jeunes collègues aspirants magistrats il y avait eu des évanouissements, des fuites, des haut-le-cœur. Lui s'était forcé à résister et depuis ce jour il n'avait raté pratiquement aucune autopsie. À vrai dire le besoin de se mettre à l'épreuve ne l'avait jamais quitté.

14

Après s'être coltinée, presque à l'aube, la vidéo de la dernière apparition télévisée de Mèche d'Or, un bavardage insipide sur le spectacle du bon vieux temps assaisonné de noms de chanteurs tous inconnus d'elle, Cianchetti avait été expédiée par Manrico au troisième étage de l'affreux bâtiment de la Cour d'appel, où se trouvait le matériel d'écoutes téléphoniques.

Pour répondre aux exigences légales, les écoutes devaient être effectuées sur les appareils dont le Parquet était équipé. Et naturellement il n'y en avait jamais assez. On vous mettait sur liste d'attente et de précieuses heures, quand ce n'étaient pas des jours, s'écoulaient avant que l'ordre soit exécuté. Melchiorre avait décrété que cette affaire était une priorité absolue. Ils étaient donc passés devant au moins la moitié de la liste. Même s'il détestait certaines méthodes, Manrico devait reconnaître qu'en Italie elles étaient, parfois, la seule réponse possible à la désorganisation chronique des administrations.

Cianchetti tardait. Et cela pouvait être de bon augure – les personnes écoutées s'étaient ouvertes, déboutonnées, et on avait pu ainsi intercepter d'intéressantes conversations – ou de mauvais : une épidémie de mutisme sévissait et Cianchetti s'était accrochée à l'espoir, peut-être vain, que le vaccin arrive. Il profita de sa pause pour consulter la Sibylle des temps modernes : Internet. Au moment de sa mort, Stefano Diotallevi, nom de scène Mario Brans, avait soixante-quatorze ans. Son mystérieux homicide faisait partie des informations les plus reprises. Des milliers d'internautes se sentaient autorisés à disserter sur Rome capitale de la violence. Même s'il s'agissait d'une des villes les plus sûres, Internet avait décidé que Rome était un croisement entre Suburra et Gotham City. Pour les plus cultivés, ou seulement les plus vieux, c'était pire que le Chicago d'Al Capone. Quant à l'illustre victime, on rappelait son talent indéniable, on évoquait avec des accents de nostalgie les soirées de joie qu'il avait offertes à l'Italie populaire, on associait son nom à une époque plus heureuse, quand le Pays était moins cruel et plus naïf. Un bon artiste sincère, d'une autre époque, un homme simple pour les cœurs simples, comme Camillo. Bah.

Le déclin avait commencé en 72 ou 73. Curieusement, 73 était l'année du premier choc pétrolier. Manrico était encore enfant. Il se souvenait du visage sombre de son père, qui semblait soudain avoir perdu son habituelle bonne humeur, des dimanches à pied qui l'amusaient tant et de cette phrase qui rebondissait un peu partout : fini la belle vie ! Il se concentra à nouveau sur Brans. Après être passé de mode, le chanteur ne s'était pas traîné comme un clown pathétique entre guinguettes sur la côte et théâtres de province. Il avait été assez habile pour changer rapidement de peau. D'abord producteur d'artistes en plein essor, puis patron d'une maison de disques. Ce passage de l'autre côté de la barricade lui avait permis d'accumuler une fortune. Il s'était retiré, vivant de ses rentes, quand, deux ans avant la collision mortelle, il était revenu sur le devant de la scène grâce à Mort à Crédit, un tout jeune trapper qui avait relancé son vieux tube *Tes yeux de chatte* (sorti en 1966) dans une version remixée avec un affligeant jeu de mots à connotation sexuelle qui avait pour protagoniste la féline et son fameux double sens.

Mèche d'Or était apparu à la télévision pour la dernière fois en tant qu'invité d'honneur du télécrochet *Nouvelle Star*, dont il avait été l'un des présentateurs l'année précédente. La vidéo de l'événement avait atteint quinze mille vues. Un site souverainiste insinuait que Mèche d'Or avait été puni pour ses positions en faveur de la famille et contre la drogue. Et qu'il n'était pas impossible qu'un commando LGBT ait fait le sale boulot. Dans ses prises de position il s'en était en effet souvent pris aux gays et aux drogués. Mèche d'Or avait eu de nombreux followers. Il y avait des messages de femmes exprimant leur douleur et leur regret, des messages de jeunes aussi. Rick devait approfondir, creuser, il n'arriverait à rien tant que l'image de Brans resterait floue sur un fond évanescent. Il devait lui donner un corps et une âme. Un hashtag #mortdemèchedor apparaissait déjà dans les tendances Twitter. Qu'est-ce que ce langage pouvait l'agacer et l'amuser ! Il s'en était tenu à l'écart une bonne fois pour toutes. Il étudiait sérieusement l'hypothèse de revenir à un vieux téléphone portable des années 2000, ère pré-smartphone.

Cianchetti tardait. Manrico décida ne pas l'attendre. Il avait rendez-vous avec Alex à l'entrée du tribunal de la via Golametto. Ils avaient prévu de manger japonais chez Zen, via degli Scipioni. Le restaurant de famille qu'il était paradoxalement devenu après la séparation. Un déjeuner en tête à tête, père et fils, puisque Adelaide était à un forum de la Banque mondiale à Washington.

Mais le jeune homme avait d'autres projets. Il arriva tout essoufflé et avec un quart d'heure de retard.

– Excuse-moi, pa', mais je dois aller au studio d'enregistrement.

– Maintenant ?

– C'est que maintenant le studio est libre.

Alex, l'aspirant musicien. À un moment donné il avait définitivement opté pour le rêve artistique et il avait été clair qu'il ne deviendrait jamais juge, ingénieur, architecte, médecin ou notaire, comme en rêvait sa mère. Et cela avait été un motif sérieux de crise entre Adelaide et lui. Quand il avait fallu choisir dans quel lycée l'inscrire, les discussions avaient été âpres. Elle invoquait une grande école. Il avait répondu qu'une grande école est une école qui a échoué dans sa mission de transmission du savoir à tous. À tous, sans exclure personne. Seul le futur attribuerait les bons et les mauvais points. En attendant, un père doit manger beaucoup de pain dur, dans sa vie, et plus le temps passe, plus le pain devient dur.

– Mais on s'était mis d'accord !

– On remet ça à un de ces jours, hein, pa' ?

Deux billets de cent euros passèrent rapidement de main en main. Alex remercia d'un austère signe de tête. Il aimait faire preuve d'une certaine sobriété dans ses manières qui détonnaient avec la désinvolture des gens de son âge. Parfois il se montrait carrément formel. Héritage de la noblesse de son père ou imitation de la froideur de sa mère ? Allez savoir.

– Alex.

– Pa'.

– Tu sais que je travaille sur l'affaire de ce chanteur ?

– Mèche d'Or. On ne parle que de ça sur les réseaux.

– Qu'est-ce que tu en penses ?

– Que c'était un minable.

– Attention. Camillo l'adorait. Il en a pleuré.

– Pauvre Camillo. Mais c'est normal.

– Qu'est-ce que tu veux dire ?

– Que c'était justement le genre de chanteur qui plaît à quelqu'un comme Camillo.

– Tu en avais déjà entendu parler ?

– Il était dans le jury de cette émission pourrie, mais je ne connaissais pas ses chansons.

– Bien sûr. Pour vous la musique commence avec Dark Polo Gang.

– Parle pour toi. Moi j'aime Bruno Martino. Tu connais *Odio l'estate* ? Super morceau et super musicien ! Tiens, l'ancêtre, prends-toi ça !

Rien à faire. Ils finissent toujours par gagner. Et tant mieux ! Un beau garçon, son fils. Grand, bien bâti, cheveux ondulés, petite boucle d'oreille, traits fins, élégance naturelle. Études musicales irrégulières. Projet existentiel : devenir une rock star ou, éventuellement, le nouvel Ennio Morricone. Source d'éternels désaccords entre ses parents. Sa mère, concrète, lui plus enclin à accompagner ses rêves. Alex était-il heureux ? Peut-on être heureux dans ce monde ?

Il retourna au bureau avec ce vague sentiment de mélancolie qu'il traînait immanquablement derrière lui après chaque rencontre avec son fils. L'équipe d'investigation au complet était déployée : Vitale, Orru et une Cianchetti surexcitée qui brandissait une clé USB.

– Le petit oiseau a chanté, annonça avec gravité une Orru plus mesurée.

– Ce matin, la mère et la fille sont sorties tôt, expliqua Cianchetti.

– On a des écoutes environnementales dans la voiture, ajouta Vitale.

– Une Lexus UX Hybrid en leasing, précisa Orru.

– Et elles ont parlé, conclut Cianchetti en remettant la clé USB à Manrico qui l'inséra dans la prise adéquate de son PC.

15

Bruits de fond. Mise en marche du moteur.

CLARA Mais on doit vraiment y aller si tôt ?

BUKACI J'ai parlé avec le type des pompes funèbres. Il a dit qu'il fermait après neuf heures parce qu'il a une cérémonie. Faut qu'on se dépêche. Putain mais regarde où tu vas, tête de con !

CLARA Attention, maman, t'allais le renverser.

BUKACI Va chier, connard.

CLARA Pourvu qu'on puisse faire l'enterrement bientôt !

BUKACI Ça dépend de quand ils donneront l'autorisation.

CLARA Pourvu qu'ils la donnent vite. J'ai cette proposition à Milan.

BUKACI C'est bien, ma fille, c'est bien. À Rome, on étouffe. Surtout après ce qui vient d'arriver.

CLARA T'as vu comment ils nous regardaient, les policiers, hier ?

BUKACI Comment ? Comment ils nous regardaient ?

CLARA Comme si on était deux meurtrières !

BUKACI Mais qu'est-ce que tu racontes, ma chérie !

CLARA Oui, c'est ça, comme deux meurtrières ! Surtout elle, la femme, la policière… elle m'a vraiment fait peur.

BUKACI Celle-là, ça se voit que c'est une connasse.

CLARA Oui, elle est méchante. Ça se voit. Maman, ils pensent qu'on…

BUKACI Pauvres connards, au lieu de s'en prendre à nous, pourquoi ils n'arrêtent pas ce salaud de Matteo ?

CLARA Peut-être qu'on a mal fait de ne pas en parler au juge quand il nous a posé la question… il a l'air plus sympa, le juge, non ?

BUKACI Moi, il m'a l'air un peu couillon, mais faut jamais faire confiance. Les juges, les avocats, la police, ils pensent qu'à te piéger !

CLARA Mais on aurait peut-être dû y faire allusion !

BUKACI Poggi nous a dit de fermer nos gueules, et moi je fais confiance à Poggi. Mais si ça me prend ou s'ils continuent à nous emmerder, moi je vais la sortir, l'histoire de Matteo, putain !

CLARA Maman… mais comment tu as fait pour supporter tout ça ?

BUKACI Laisse tomber, c'est pas ton problème ! Toi, tu as ta vie. Mais écoute-moi bien : si un jour tu décides de te mettre avec un homme, choisis-le mieux que moi. Ne te mets pas avec une merde comme Stefano !

16

L'écoute prit fin. Le procureur et les policières se regardèrent quelques instants en silence. Puis Manrico s'autorisa un petit sourire.

– Quel est le meilleur rôle, Cianchetti, celui de la connasse ou celui du couillon ? Qu'en pensez-vous ?

– Sur les réseaux on m'a dit bien pire, répondit-elle vivement.

– Faites comme moi : n'y allez plus.

Orru prit la parole pour ramener la conversation sur des voies plus sérieuses.

– Matteo, le fils de Mèche d'Or, est un enfant du premier lit.

– Il est à Londres et devrait arriver demain, ajouta Vitale, je l'ai retrouvé grâce à notre consul et je lui ai parlé au téléphone.

– Quelle impression vous a-t-il faite, Vitale ?

– Froid comme la pierre.

– S'il était à Londres la nuit dernière, ce n'est certainement pas lui qui a pu couper le tuyau, fit remarquer Orru.

– Très juste. Que pouvez-vous me dire de nos deux amies, la mère et la fille ? demanda Manrico.

– D'après les relevés, répondit Orru, il apparaît qu'au moment des faits leurs téléphones bornaient sur des antennes plutôt éloignées.

– Et donc, synthétisa Manrico, aucun membre de cette sympathique petite famille ne peut matériellement avoir coupé le fameux tuyau.

– Mais, *dottore*, intervint Cianchetti avec ce ton affirmatif que Manrico était en train d'apprendre à connaître, ils ont tous les trois pu payer quelqu'un pour le faire.

– Il faudrait au moins trouver un mobile valable.

– Eh ben, on les a entendues, ces deux-là ! Fausses comme Judas ! Toutes les deux à pleurer sur le pauvre mort, le meilleur homme du monde, et patati et patata, et pour finir elles le considèrent comme une merde… je vous demande pardon, *dottore*. Mais ce ne serait pas la première fois.

– Nous le demanderons au Londonien, demain, et nous nous ferons une idée… Ça ne vous rend pas triste tout ça, Cianchetti ?

– Tout ça quoi ?

– Comme les gens peuvent se détester. Ces enregistrements, je les passerais bien à ceux qui se délectent de la sacro-sainte valeur de la famille…

Orru et Vitale acquiescèrent. Deborah désapprouvait instinctivement. Et maintenant il en a après la famille, le petit comte ! Une réponse mordante était sur le point d'éclore sur ses lèvres quand elle fut rattrapée par le souvenir de certaines scènes où son père et sa mère n'échangeaient pas un mot, où le temps était rythmé par la monotonie des gestes identiques dans la petite cuisine imprégnée des éternelles odeurs de nourriture, et où elle était une adolescente piaffant d'impatience que ses parents aillent s'écrouler devant la télé pour aller rêver dans sa chambre ou, encore mieux, faire le mur et aller boire une bière avec les copines du quartier… La famille…

– Les familles ne sont pas toutes pareilles, finit-elle par souffler mais, elle non plus, sans grande conviction.

– Les heureuses et les malheureuses ?

Deborah sembla perplexe.

– Laissez tomber, Cianchetti. Et de toute façon on peut rompre avec une famille, ajouta-t-il comme s'il avait le pouvoir de lire dans les pensées, mais sans haine et sans rancœur. Là, ce pauvre Mèche d'Or devait bien l'avoir provoqué, ce mécontentement, non?, apparemment… À propos: où en sommes-nous avec les relevés téléphoniques de la victime?

– On est en train de les éplucher, expliqua Vitale, mais il y en a un paquet, le défunt parlait avec la moitié de Rome.

– Autre chose?

– La police judiciaire a informé que les caméras de surveillance de l'hôtel, celui à côté duquel Mangili s'est garé le soir du crime, sont orientées dans le sens opposé et ne couvrent pas la zone. Il y en aurait bien deux autres sur les murs de la Villa Sciarra, mais…

– Mais?

– Mais, soupira Vitale, elles étaient désactivées.

– Ah put… protesta Cianchetti.

– Ça arrive, la consola Manrico, ne vous énervez pas.

La vérité était que, d'une certaine manière, les défaillances technologiques étaient une plaie car elles ralentissaient l'enquête et pouvaient même parfois la foudroyer. Mais d'un autre côté… sans l'aide de la technologie on était obligés de revenir à la pensée. À la pensée libre, comment aimait l'appeler Manrico. Enquêter sur l'humain et non sur les algorithmes. Un exercice dans lequel Manrico excellait. Et puis, évidemment, il y avait toujours l'opéra pour parfaire le tableau. Vitale toussota discrètement. Manrico soupira. Il exagérait à toujours être dans la lune.

– Avant de convoquer les deux gentes dames, recueillons un peu plus de matériaux, elles ont peut-être encore envie de papoter. Entendons Matteo Diotallevi et dans la foulée entendons Mangili. À propos, les écoutes de Mangili?

– Rien. Zéro appel.

– Activité sur les réseaux? Antécédents?

– Casier vierge, informa Orru, veuf, absent des réseaux.

– Un homme seul, murmura Manrico.

Et ça aussi, c'était triste, indubitablement.

– Le manager de Mèche d'Or, ce… comment s'appelle-t-il ?

– Cuffari.

– Oui, Cuffari.

– Je lui ai parlé au téléphone, répondit cette fois Vitale, il partait pour Singapour, il était déjà à l'aéroport, trop tard pour l'entendre en personne. Il parle du mort en bien. Il n'avait pas d'ennemis, etc., etc. Il n'était pas présent à l'enregistrement. Il ne sait absolument rien.

– Amen. La visite aux studios d'enregistrement, Cianchetti ?

– À part le dealer ?

– Oui, à part lui.

– Nous avons des noms, on est en train de les vérifier.

– Bien.

Orru et Vitale partirent chacune de leur côté. Cianchetti resta.

– *Dottore*, écoutez…

– Je vous en prie, inspectrice, dites-moi… mais on peut dire aussi inspecteur ou inspecteure, que préférez-vous ?

– Avec tout le respect que je vous dois, inspecteure il me semble que ça n'existe pas, *dottore*.

Manrico sourit en repensant à Adelaide et à sa bataille pour expulser le sexisme de la langue italienne. Une noble bataille, assurément, mais fastidieuse, et tout bien considéré pas si décisive, à ses yeux. Par ailleurs, comment les arguments radicaux et pointus de son ex-femme pouvaient-ils résonner aux oreilles agressives de la policière ?

– Pardonnez-moi, j'étais perdu dans mes pensées. Alors, dites-moi, je vous en prie.

– C'est au sujet des écoutes.

– Alors ?

– Vous avez mis en place des écoutes environnementales et téléphoniques et ça me va très bien. Mais vous ne nous autorisez pas à entrer chez eux. En revanche, moi je crois que si on pouvait savoir ce qu'ils se disent, par exemple la mère et la fille quand elles sont seules…

Manrico secoua la tête. Les écoutes : pour l'enquêteur, autant une plaie qu'une bénédiction. Un outil à la fois dévastateur par sa façon de forcer même la sphère la plus intime des relations humaines, et précieux pour puiser des informations utiles à l'enquête. Parfois surévalué – qui ignore aujourd'hui être exposé au risque d'une captation ? –, parfois étonnamment décisif : des criminels très rusés se sont eux-mêmes passé la corde au cou à cause d'un SMS de trop ou d'un bavardage inconsidéré. Mais, justement en raison de leur potentiel décisif, elles étaient soumises à des règles de fer. Par exemple : on ne pouvait pas écouter quelqu'un chez lui pour chercher les preuves d'un délit déjà commis mais seulement si on avait "un motif fondé de penser que l'activité criminelle est en train de se dérouler en ce lieu". Ce qui revient à dire que le délit est en cours. Formule ambiguë, certes : mais qu'est-ce qui ne l'est pas dans le monde judiciaire ?

– C'est interdit par la loi, vous le savez aussi bien que moi, Cianchetti.

Ils se saluèrent sur le pas de la porte, surveillés par le regard soupçonneux de la secrétaire au soupir facile. En un éclair, Cianchetti se surprit à penser que tous ces soupirs venaient peut-être d'un amour secret non réciproque. Pour qui ? Mais pour le juge, non ? Marrant. Au-delà d'un certain âge, disons cinquante ans, les hommes ne devraient plus être considérés comme des objets de désir.

17

Le 29 janvier 1781, le Théâtre de la cour royale de Munich avait ouvert avec *Idoménée, roi de Crète*, le premier chef-d'œuvre de Mozart, livret (en italien) de l'abbé Giambattista Varesco. S'il avait été croyant, Manrico aurait pris un certain nombre d'opéras comme preuve de l'existence de Dieu. L'entière production mozartienne en aurait fait partie. Il s'installa à sa place habituelle, avec une pointe de nostalgie, en se souvenant des nombreuses soirées durant lesquelles il avait partagé le plaisir de l'opéra avec Adelaide. Maintenant, à l'opéra, il y allait tout seul. Et il ne pouvait s'en prendre qu'à lui-même : après elle, il avait eu trois brèves histoires où il s'était rapidement ennuyé. Et aucune d'elles n'aimait l'opéra !

En tout cas, lorsque s'éteignirent les applaudissements qui avaient salué la montée du chef d'orchestre sur l'estrade et que les premières notes de l'ouverture s'élevèrent, ce frisson d'émotion qu'il ne manquait jamais de ressentir le parcourut immédiatement : ce cher frisson, ancien et attendu, et pourtant toujours nouveau et surprenant. Pour échapper à la tempête, Idoménée, roi de Crète, de retour dans sa patrie après les dix longues années de la guerre de Troie, jure à Neptune, le cruel dieu des océans, de lui offrir en sacrifice le premier être humain qu'il rencontrera lorsqu'il aura débarqué. La tempête se calme. Mais qui va rencontrer Idoménée ? Son fils Idamante. Lequel, entre-temps, a promis la liberté aux prisonniers troyens car il est amoureux d'Ilia, leur comtesse. Idoménée défie le dieu en refusant de sacrifier son fils. Offensée, la divinité au trident fait sortir des eaux un monstre terrifiant. À partir de ce moment une noble course au sacrifice se déchaîne entre Idamante et Ilia. Neptune y met fin, ému par la force de l'amour entre les deux jeunes gens, les gracie, et consent finalement à ce qu'ils puissent vivre heureux et contents. Invraisemblable ? Absolument. Mais s'immerger dans le flux des notes ne signifie-t-il pas se détacher du présent et plonger dans une autre dimension, une sorte de métaphysique capable de suspendre les liens rationnels entre les choses et les êtres humains ? L'opéra rend aux sentiments, qu'ils soient purs ou ignobles, leur état primitif. En sautant des siècles de médiations culturelles et, en même temps, en pêchant à pleines mains dans leur formidable construction mythologique.

L'opéra comme mythe absolu : était-ce cela qui le rendait si réceptif ? Et pourquoi la rencontre sur la plage entre le père et le fils avait-elle le pouvoir de l'emmener au bord des larmes, alors que… combien de fois la douleur d'une mère ou d'une compagne l'avait à peine effleuré ? Et elles n'étaient pas toutes cyniques et indifférentes comme Alina Bukaci et sa fille. Non, bien sûr que non. Le métier d'enquêteur vous oblige à assister à tant d'authentiques douleurs ! Et pourtant… Était-il en train de devenir insensible, comme ces vieux juges qu'il avait connus au début de sa carrière ? En ce temps-là, il avait détesté leur prétendu détachement, le masque qu'ils revêtaient pour ennoblir un cynisme à peu de frais. Le nombre de fois où il s'était dit "je ne finirai jamais comme eux". Et pourtant… À quel moment de la vie la douleur jouée et représentée devient-elle plus intense que la douleur réelle ?

À l'entracte, il se retrouva côte à côte avec un vieil abonné, notaire historique de la Rome qui compte. Ils venaient à peine de conquérir un verre de vin rouge au bar situé dans le foyer du théâtre Costanzi. Le notaire se lança dans une philippique.

– La direction n'est pas mal, les chanteurs se tiennent. Mais la mise en scène ! Ah, murmura-t-il de façon théâtrale, la mise en scène ! Mais qu'est-ce qu'il leur prend de représenter les prisonniers troyens comme des immigrés ! Tous habillés comme ces malheureux de Lampedusa, avec ces tuniques déchirées… mais qu'est-ce que c'est, une réunion syndicale ? Eh, oh, là il s'agit de Troyens et de héros grecs, pas d'Africains et de passeurs !

Manrico le catalogua immédiatement : un traditionaliste. Les traditionalistes, qu'on appelait autrefois des pisse-froid, critiquaient toujours les metteurs en scène qui osaient innover, et qui proposaient, d'après eux, des interprétations inconvenantes, c'est-à-dire pas trop guindées. Engager un duel avec eux était absolument inutile. Rien n'ébranlait leurs convictions immuables. Surtout, les traditionalistes se caractérisaient par leurs voix retentissantes dont ils usaient sans retenue. En d'autres circonstances, Manrico s'en serait donc sorti avec un petit sourire poli. Mais à deux pas du notaire, une femme, à laquelle Manrico trouva au premier coup d'œil un charme fou, avait assisté à la harangue. Brune, grande, robe minimaliste de couleur sombre et élégante pochette noire, long cou, yeux profonds de forme orientale. À mi-chemin entre le Bosphore et les terres slaves. L'expression avec laquelle elle s'attardait sur le notaire l'avait frappé. Un mélange de commisération, de dédain, d'ironie prête à se transformer en sarcasme féroce. Pour une raison quelconque, Manrico se sentit en devoir de donner son opinion.

– Bah, maître, l'opéra vit à l'époque de sa représentation. Idamante rachète l'humanité souffrante des prisonniers, l'opéra est un hymne à l'amour qui guérit les différences et laisse inassouvie la soif de vengeance d'Elettra… En ces temps de haine, un message clair, précis. Une sorte d'hymne à la résilience. Le metteur en scène plonge ses mains dans le contemporain. Selon moi, c'est tout à fait à propos !

La belle inconnue sembla apprécier, du moins à en juger par le vague soupçon de sourire qui dessinait deux petites fossettes au milieu de ses joues.

– Mais tout ça n'a rien à voir avec l'opéra ! La musique de Mozart ne suffit pas ? Elle parle d'elle-même !

– Ça s'appelle du théâtre musical, répliqua Manrico qui cherchait dans le même temps à accrocher le regard de la dame, parce que la musique se fond avec la scène, et donc la représentation vit aussi bien des mouvements scéniques que de la partition et du chant… sinon, il suffirait d'une bonne enceinte, on n'aurait pas besoin de venir au théâtre !

– Ah, je vois, ricana le notaire, vous aimez sans doute ceux qui situent la *Traviata* dans un bordel.

– Après tout, intervint la jolie femme, le métier de Violetta justifierait un tel choix…

– Mais Verdi… commença à protester le notaire.

– Verdi, reprit la femme, a mis en scène des crimes infâmes, des viols, des difformités, de l'obscénité et de la cruauté en tout genre. Le XIXe fut un siècle cruel, et notre époque ne l'est pas moins…

– Alors tout est bon, hein ? Il manque seulement la cocaïne, les SS, Auschwitz et quoi d'autre ? Le massacre de Bologne ? Et à quand le chœur de gitans entonnant "Bella ciao" ? Mais pour l'amour du ciel !

Il se retira, indigné. Manrico leva son verre à l'intention de la belle inconnue en mimant le geste de trinquer. Les lumières diminuèrent pour signaler qu'il restait quelques minutes avant le dernier acte.

– Il en faut de la patience, avec ces pisse-froid, murmura le procureur en affichant son sourire le plus charmeur. En tout cas permettez-moi de me présenter : Manrico Spinori della Rocca, Rick, si vous préférez.

Et de nouveau cette ironie, à peine tempérée d'une lueur de bienveillance, passa dans les yeux de la femme.

– Bonsoir. L'opéra reprend.

Et elle s'éloigna avec un sourire ambigu, très semblable à celui du chat d'*Alice au pays des merveilles*. Il la suivit à une distance prudente. Il repéra le rang où elle s'asseyait, trois ou quatre rangées devant le sien, et repéra aussi le notaire qui occupait un fauteuil au milieu du deuxième rang. Les lumières s'éteignirent. La musique reprit. Manrico se sentait distrait. Elle l'avait touché. Indiscutablement. Son accent n'avait rien de turc ou de balkanique mais il aurait en tout cas parié sur un brassage d'ascendances. Il fantasma quelques instants sur son prénom : Angelica ? Vittoria ? Gabriella ? Maddalena ? Puis l'opéra reprit ses droits et il rentra dans son monde jusqu'au dénouement du drame salué par de francs applaudissements et quelques "hou". Parmi les "hueurs" les plus actifs, bien entendu, le notaire. Manrico apercevait sa nuque, avec une vaste tache de calvitie. Il lui vint une envie soudaine de se déplacer derrière le malheureux et de lui flanquer une claque. Il se contint et se limita à hurler ses "bravo" qui, unis à ceux de la majorité, dans un crescendo d'approbations, finirent par faire taire les contestataires. La mystérieuse mélomane applaudissait debout, avec conviction. Les applaudissements cessèrent. Manrico se dirigea vers la sortie et, jouant des coudes parmi la foule, réussit à s'approcher d'elle quelques instants.

– Je suis enthousiaste.

– J'ai été touchée, concéda-t-elle.

Et elle disparut en pressant le pas sans lui laisser le temps d'une nouvelle approche. La belle fugitive. La suivre ? Ce pouvait être un faux pas. Mais la laisser partir ainsi, sans au moins insister un minimum, pouvait aussi être un gâchis. Il contourna un groupe de dames âgées qui barraient l'accès à la rue mais quand il réussit à revoir les étoiles, qui sait où elle se trouvait. Devant le théâtre Costanzi, une trentaine de spectateurs faisaient la queue en attendant les taxis. La soirée était froide, la pluie tombait drue. Comme toujours Manrico n'avait pas de parapluie. Il détestait les parapluies. Il les détestait depuis l'enfance. Ils lui donnaient un air emprunté, ils lui communiquaient une impression de contrainte, avoir les mains occupées par un parapluie le perturbait. Une phobie, sans doute. Il y en avait certainement de pires, pensa-t-il en prenant docilement sa place dans la file d'attente. L'opéra et la rencontre inattendue lui avaient donné une sorte de fièvre. Il ruminait sur l'occasion perdue quand une Smart s'arrêta à côté de lui.

– Vous voulez que je vous dépose ?

C'était elle. La belle réapparaissait.

– Je ne voudrais pas vous déranger.

– Allez, avec cette file d'attente vous en avez pour une demi-heure et vous êtes déjà tout trempé.

– Merci.

L'habitacle de la petite voiture sentait la cannelle. Elle portait un parfum discret, avec des notes amères en fond. Manrico était très content, mais pas exagérément surpris. Il savait qu'il plaisait aux femmes. C'était un bel homme, au physique sec, aux beaux traits un peu canailles. Il était surtout un des rares célibataires décents de son âge. Et des femmes en chasse, il n'y en avait que trop !

– Alors, vous êtes abonné, n'est-ce pas ?

Sa voix était chaude, un peu rauque.

– Oui, je ne rate pas un seul spectacle, je parcours le monde… dans la mesure où mon travail le permet.

– Un travail prenant ?

– Je travaille au Parquet général. Mais n'allez pas penser du mal de moi.

– Ce n'est pas comme si vous m'aviez avoué être un criminel !

– Vous savez ce que c'est, dans certains milieux un magistrat est encore plus mal vu qu'un criminel.

– Personne n'est parfait, répondit-elle en riant, je travaille dans l'informatique.

– Et vous aimez l'opéra.
– Passionnément.
La Smart tourna via Nazionale.
– Vous pouvez me laisser là. Je ferai quelques pas jusqu'au parking de la place Esedra, je ne voudrais pas vous déranger.
– Comme vous voulez.
– Peut-être pourrions-nous voir quelques spectacles ensemble, sans vouloir être impudent…
– Impudent, c'est un mot très lyrique, monsieur le juge.
– Je ne l'ai sans doute pas choisi par hasard.
– Pourquoi pas ?
Ils échangèrent leurs numéros de téléphone et, entre un sourire et un salut, il descendit de la Smart. Maria Giulia Lodi, département d'ingénierie informatique. Ça sonnait bien. Ça s'annonçait bien. Tout s'annonçait bien, sacré Rick ! Il alluma son téléphone. Il fut assailli par un concert de notifications. Dix-sept appels et six messages WhatsApp du procureur Melchiorre. Trois de Cianchetti. Melchiorre répondit à la première sonnerie.
– Manrico ! Mais bon sang où étais-tu…
– J'étais… bon, je t'écoute.
– Rentre chez toi. J'ai dit à ton, comment il s'appelle…
– Camillo.
– C'est ça. Je lui ai dit d'enregistrer l'émission de Marinelli.
– Qu'est-ce qu'elle a encore trafiqué cette cinglée ?
– Rentre, regarde et on se voit demain chez moi à neuf heures.
– C'est grave ?
Le procureur avait déjà raccroché. Oui, c'était grave. Il prit un taxi au vol et donna son adresse avec un vague sentiment de panique. Bon retour dans le monde réel, Rick.

18

Marilena Marinelli présentait depuis quinze ans *Au bout de l'enquête*: un de ces programmes télévisés à succès qui donnaient envie à Manrico de se retirer sur une île déserte sans électricité et sans wi-fi. Le générique était une rapide séquence d'images impressionnantes de faits divers accompagnées d'une musique stridente et tonitruante. Le sous-titre – si on peut appeler ça ainsi – annonçait: "Histoires de crimes non élucidés".

Tandis qu'il s'apprêtait à savourer l'enregistrement préparé par Camillo, Manrico pensa que, dans un certain univers médiatique, les crimes sont par défaut non élucidés. Pour la simple et bonne raison que leur élucidation les ferait accéder à l'Histoire en les extrayant des faits divers et les rendrait, donc, inutiles. Aussi bien du point de vue de l'information que de la propagande. Accompagnée d'un tonnerre d'applaudissements chaleureux de la salle – une cinquantaine de quinquagénaires, principalement de sexe féminin, quelques jeunes, échantillons exemplaires, vieux comme moins vieux, de ce que l'instrument télévisuel considère comme le "Pays réel" – Marilena Marinelli fit son entrée. Grande, l'air altier et sévère, robe bleue, scintillante broche en or blanc. D'aspect agréable sans être d'une beauté fulgurante: elle était "comme tout le monde", pas une de ces divas des tapis rouges. Marinelli prit place à son habituel bureau, tapota sur son écran tactile et le reportage de la chaîne Tg sur le "mystère Mèche d'Or", comme l'annonçait le bandeau à défilement continu, se matérialisa derrière elle. Manrico vit les carabiniers, Cianchetti, Orru, la carcasse de l'Iso Rivolta et, évidemment, lui-même. Puis le film s'arrêta sur le sourire du jeune Mèche d'Or en costume de scène avec, derrière lui, un orchestre de taille respectable. Marinelli planta ses fameux yeux verts dans la caméra et, après une pause étudiée, se lança.

MARILENA Bonsoir et heureuse de vous retrouver pour notre rendez-vous hebdomadaire avec *Au bout de l'enquête*. Ce soir, ce numéro sera consacré à l'homicide de Stefano Diotallevi, nom de scène Mario Brans, le mythique chanteur Mèche d'Or devenu ensuite un important manager de l'industrie du disque, qui a fait rêver des générations d'Italiens.

Une fiche biographique d'une durée d'environ trois minutes suivit. Il s'agissait plus ou moins d'un habile montage des éléments épars que Manrico avait consultés quelques heures auparavant. Après la fiche, applaudissements convaincus de la salle, et gros plan sur la présentatrice.

MARILENA Cet homicide, étrange sous de nombreux aspects, pose beaucoup de questions auxquelles on ne peut certainement pas dire que les enquêteurs ont apporté une réponse immédiate. Comme toujours, pour nous aider à reconstruire cette affaire et à en fixer les contours de la meilleure façon possible, nous profiterons de la collaboration de nos experts…

La troupe ambulante qui entourait Marinelli depuis des années fit son entrée : une criminologue à la mine sévère, un journaliste de choc également connu comme auteur de polars passables, un juge à la retraite au double menton proéminent. Après les avoir salués, Marinelli reprit la parole. Elle résuma les faits déjà connus, avec abondance de détails et en glissant çà et là des allusions pas même vraiment voilées sur l'incompétence des enquêteurs, et termina en jouant sa meilleure carte : grâce à la “formidable équipe investigatrice” d’*Au bout de l’enquête*, “nous sommes en mesure de fournir un témoignage exceptionnel et absolument inédit qui nous aidera à faire la lumière sur ce mystère”.

Un film tourné en extérieur démarra. Nous y sommes. Manrico se fourra dans la bouche deux ou trois fèves de cacao pur que Camillo – un saint homme, disons la vérité – faisait toujours en sorte qu’il trouve dans la salle de télévision. L’action se déplaça dans une avenue anonyme, avec des arbres tout aussi anonymes, pas très luxuriants, sur le terre-plein central. À côté de Marilena Marinelli se trouvait une jeune fille. Cheveux bouclés châtains, visage un peu rond, plus petite que la présentatrice, vêtements noirs. Pas particulièrement attirante elle non plus, pour tout dire.

MARILENA Cetty Paternò est une fille comme tant d’autres. Une jolie fille italienne. Jeune. Cetty, quel âge as-tu exactement ?

CETTY Vingt-trois. En vrai j’ai vingt-deux ans, j’aurai vingt-trois dans quelques jours.

MARILENA Tu es émue, Cetty !

CETTY Oui, Marilena, tu as raison, comme toujours, moi ton émission je la regarde tout le temps, des comme toi il en faudrait des centaines !

MARILENA Merci, Cetty, tu es très gentille ! Mais je crois que nos spectateurs sont impatients de savoir ce que tu as à nous raconter… Cetty, tu connaissais Mario Brans…

CETTY Oui.

MARILENA Vous étiez amis ?

CETTY Oui.

MARILENA Seulement amis ou un peu plus ?

CETTY Marilena, je…

MARILENA Allez, Cetty, courage, nous sommes là pour toi…

CETTY Nous étions amoureux.
MARILENA Vous étiez amoureux !
CETTY Oui, amoureux. C'était un homme merveilleux !
MARILENA Je te crois, Cetty. Mais tu as une quelconque… preuve de votre relation ?
CETTY Voilà, Marilena, regarde…

Quelques photos de Mèche d'Or et Cetty apparurent sur l'écran. L'intervieweuse et son invitée commentaient chacune d'elles. Le chapitre photographique prit fin et les deux femmes réapparurent.

MARILENA Cetty, je dois te poser une question embarrassante, mais je serais très incorrecte de ne pas te la poser.
CETTY Je t'écoute, Marilè…
MARILENA Ce pauvre Mèche d'Or avait soixante-quatorze ans. Tu as vingt-trois ans, Cetty… C'est une très grosse différence d'âge… tu ne… comment lorsque deux personnes ont tant d'années de différence, que lui est une personne qui compte dans le milieu de la musique et que toi tu veux être chanteuse… Excuse-moi, je dois te le demander, par respect pour notre public et la presse libre en laquelle je crois de tout mon cœur… Comment ne pas se faire une mauvaise opinion sur une relation de ce genre ?
CETTY Oui tu as raison, Marilena, parce qu'au début moi aussi j'ai eu une mauvaise opinion, mais ensuite j'ai changé d'avis.
MARILENA Et qu'est-ce qui t'a fait changer d'avis ?
CETTY Lui.
MARILENA Mario Brans.
CETTY Oui, lui. Nous devions nous marier.
MARILENA Cetty, Mario Brans était déjà marié !
CETTY Mais lui, il voulait divorcer. C'était sa femme qui ne voulait pas. Il voulait passer toute sa vie avec moi. C'est pour ça qu'on l'a tué !

MARILENA Mais toutes ces choses, Cetty, tu les as racontées, je ne sais pas, à la police, aux juges ?

CETTY Non, personne ne m'a rien demandé.

MARILENA Tu t'es au moins confiée à des amies ?

CETTY Tu es la première à qui j'en parle, Marilena.

MARILENA Écoute. Tu regardes la télévision, n'est-ce pas ? Tu regardes les informations ?

CETTY Bien sûr, Marilè, même si avec toutes ces choses horribles qui se passent…

MARILENA C'est la vie, Cetty, c'est la vie, et nous, les journalistes, avons le devoir d'en rendre compte, même dans ses aspects les plus cruels. Comme le crime. Mais je t'ai posé cette question parce que je suis curieuse de savoir : quand tu as compris que ce pauvre Mario Brans avait été assassiné et que tu pouvais être un témoin important, peut-être décisif, pourquoi n'as-tu pas toi-même pris contact avec la police ou avec les juges ?

CETTY Écoute, Marilena…

MARILENA Allons, courage !

CETTY Marilena, moi, tous ces gens, je n'ai pas confiance en eux !

MARILENA Allons, Cetty, il ne faut pas dire des choses pareilles ! Tu sais que ton premier devoir de citoyenne est de témoigner devant les juges !

CETTY Moi je n'ai pas confiance en cette justice, Marilè, moi, je n'ai confiance qu'en toi !

Marinelli exhortait ensuite la fille à se présenter au Parquet pour témoigner. Elle promettait de le faire "parce que c'est toi qui me le demandes, Marilena". L'enregistrement se terminait ainsi. Retour dans le studio. Marinelli s'approcha de la table des experts et ouvrit le débat. Manrico éteignit l'appareil. Ce fut alors seulement qu'il se rendit compte que, pendant tout le visionnage, Camillo était resté planté derrière lui. Son visage de vieux domestique était un masque impassible. La révélation que derrière son mythe personnel se cachait un satyre l'avait indubitablement blessé.

– Camillo !

– Monsieur le petit comte.

– Déçu ?

– Les dieux ne devraient jamais descendre sur terre, monsieur.

19

Le procureur Melchiorre se présenta à l'improviste au palais Van Winckel quelques minutes avant huit heures. Manrico était encore sous la douche. Ce fut Camillo qui s'occupa du chef du ministère public romain. Quand Manrico, en ajustant sa cravate Diane de Clercq à fond vert, entra dans le petit salon où le majordome l'avait fait s'installer, le procureur, juché sur la méridienne de style baroque, sirotait son café et observait d'un air courroucé un dessin sur le mur en face de lui.

– *Portrait d'une garibaldienne* de Valentino Pagoni, un peintre mineur du XIXe siècle, le renseigna Manrico, il n'a pas de grande valeur mais le trisaïeul Michele Filippo Gualtiero, qui fut une proche connaissance du Général, nous aimait bien. Malheureusement, comme tout ce qui fait partie de la décoration et de l'ameublement de cette maison, il ne m'appartient plus. Mais si tu l'aimes, je peux te mettre en relation avec le fonds suisse qui le détient, je pense que par mon intermédiaire tu réussirais à l'emporter pour pas grand-chose…

Melchiorre posa sa tasse.

– Il est très mauvais, dit-il sèchement.

– Si Camillo t'entendait, il se vexerait.

– Je ne parlais pas du café. Le tableau. Le tableau est très mauvais.

– Là, c'est moi que tu vexes. Pagoni était peut-être un peintre mineur mais il était un patriote sincère.

Le procureur se leva et secoua la tête.

– Tu as regardé *Au bout de l'enquête* ?

Manrico ne parvint pas à résister à l'appel de la forêt.

– Ton amie Marinelli a semé un beau bordel.

Melchiorre lui lança un regard. Il se murmurait – et le principal intéressé ne s'était d'ailleurs pas donné la peine de démentir – que lui et Marinelli, qui faisait alors ses premières armes en tant que journaliste, avaient eu, des années auparavant, une brève et torride aventure. Ils n'avaient pas dû se quitter en très bons termes, car elle ne perdait pas une occasion d'accuser Melchiorre et ses services d'incompétence, de négligence dans les enquêtes et de bien d'autres choses encore. Quant à Manrico, il l'avait rencontrée quelques fois et avait été impressionné. C'était toujours ce qui se passait lorsqu'il lui arrivait de croiser une personne de pouvoir. La sensation d'avoir à faire à un reptile, un animal à sang froid privé de sentiments. Un froid glacial, voilà ce que provoquaient chez lui les femmes (et les hommes) comme la journaliste.

– Ce n'est pas mon amie, répondit enfin le procureur.

– Mais tu as couché avec elle.

– Justement.

– Bon, en tout cas tu conviendras que c'est un beau bordel.

– Rick, tu aurais pu me parler de cette… petite amie du mort.

– J'aurais pu si j'avais su.

– C'est bien ça le problème. Tu ne savais pas. Nous ne savions pas. On arrive toujours une minute après la presse. Ça ne va pas.

– Tu as entendu la petite Cetty, non ? Elle ne parle pas aux gens comme nous. Elle n'a pas confiance !

– Tu sais là où ça coince, Rick ? C'est que la petite Cetty est la parfaite interprète du sentiment populaire.

– Et comment on peut le combattre, nous, ce sentiment populaire ?

– Mais tu es subitement devenu naïf ou tu veux me faire perdre patience ?

– Je tempère, Gaspare, je tempère. Et crois-moi, le sentiment populaire, franchement, je m'en fous…

– Mais tu as tort, bon sang! Aujourd'hui c'est la seule chose qui compte!

En d'autres circonstances, Melchiorre, qui prétendait toujours avoir le dernier mot, se serait lancé dans une diatribe même s'il savait que, sur certains sujets, la dialectique ne servait à rien avec Manrico. Mais il laissa tomber. Manrico le trouva éprouvé, fatigué. Il lui fit un peu de peine. Au fond il ne réussirait jamais à ne pas l'aimer. Ils se connaissaient depuis trente ans. Difficile d'oublier tous les combats qu'ils avaient menés côte à côte pour changer la justice et l'image de ses indignes serviteurs. Avec le temps, pourtant, Melchiorre était passé du côté obscur de la force en se transformant en un défenseur acharné de la peine exemplaire. Pour lui, le plus important était d'être en harmonie avec les humeurs changeantes de l'opinion publique. Manrico posa une main sur son épaule.

– Ça passera. Autrefois on avait le mythomane qui accusait son voisin d'avoir empoisonné l'aqueduc…

– Avec la complicité de Nixon, évoqua le procureur, tu t'en souviens?

– Comment l'oublier? À la fin, pour s'en débarrasser, on avait fait semblant de téléphoner à la Maison Blanche. Allô? La Maison Blanche? Nous vous enjoignons de cesser de persécuter monsieur… comment il s'appelait?

– Di Marcotullio.

– Quelle mémoire, Gaspare!

Puis, l'instant de fraternité s'éteignit. Un éclair froid traversa les yeux du procureur.

– Bien sûr, on sait tous les deux comment fonctionne le serpent de l'opinion publique. Mais. Mais tu n'es pas moi et je ne suis pas toi. Je suis le chef. Je dois répondre en personne à la société. Je ne peux pas me permettre ta pondération, mon cher petit comte. Je t'ai donné une liberté d'action et des moyens dont rêvent beaucoup de tes collègues, Rick. Trouve-moi le coupable. Et vite.

Rick acquiesça et raccompagna le chef jusqu'à la porte. Avant de courir au bureau il envoya un SMS à Cianchetti avec le numéro de portable de Camillo et échangea son téléphone avec celui du majordome.

– Si on me cherche, je suis sorti, tu ne sais pas où je suis ni quand je rentrerai, et je te dispense de noter les appels.

– Ce sera fait, monsieur le petit comte. Le barrage vaut aussi pour Mme Elena ?

– Surtout pour elle. Ah et, Camillo…

– Oui, monsieur le petit comte ?

– Si tu t'aventures à utiliser l'expression "monsieur le petit comte" avec ceux qui téléphonent, je te licencie sur-le-champ.

– Comme vous le désirez, monsieur le petit comte. Je vous rappelle cependant qu'aujourd'hui vous avez un présent à remettre.

Camillo lui tendit un petit paquet et en le recevant Manrico inclina la tête avec un demi-sourire d'excuses.

– Mon Dieu, c'est vrai ! J'avais complètement oublié. Qu'est-ce que je ferais sans toi, Camillo !

– Un motif valable pour surseoir au licenciement, je suppose.

20

Pour un samedi, une animation inhabituelle régnait dans la citadelle judiciaire de la place Clodio. À commencer par les camions des chaînes de télé, bardés d'antennes, qui occupaient pratiquement toutes les entrées du Palais de Justice. Heureusement pas celles de la Cour d'appel attenante. Manrico se fit déposer dans le parking souterrain par le chauffeur de la voiture de fonction (finalement il y prenait goût, c'est toujours ce qui arrive avec les petits privilèges) et, en empruntant les passages intérieurs de sécurité, rejoignit la petite terrasse au troisième étage du bâtiment de la Cour pénale. Orru, Cianchetti et Vitale étaient déjà là. Pas l'ombre d'un journaliste, ce qui était la première bonne nouvelle depuis plusieurs heures. L'équipe s'était mise au travail. À l'aube, Orru avait envoyé une voiture à l'aéroport de Fiumicino pour récupérer Matteo, le fils du mort. On l'attendait dans la matinée.

– Bien, ordonna Manrico, amenez-le ici dès qu'il arrive.

Orru s'éloigna pour téléphoner.

– Mais ici où, *dottore* ? intervint ironiquement Cianchetti. On déménage sur la terrasse ce matin ? Il fait un peu frisquet, il me semble…

– En chemin j'ai parlé avec l'inspecteur… celui qui s'occupe des écoutes, comment s'appelle-t-il ?

– Motisi, répondit vivement Vitale.

– Motisi. Je lui ai demandé un service et il m'a trouvé une sorte de débarras à dix mètres de la salle des écoutes. Que nous pourrons suivre en temps réel. Ils parlent, nous écoutons. Cianchetti, faites un saut chez lui et voyez s'il a quelque chose pour nous…

Cianchetti se précipita. Finalement, il avait quand même quelques bonnes idées, le petit comte.

– À propos de téléphones…

Orru, avec son efficacité toujours épatante, avait traité une partie des relevés téléphoniques de la victime. Il en ressortait de fréquents contacts avec Cetty Paternò. La fille ne mentait pas.

– Elle s'est présentée avec maître Maloiusti. Et une cohorte de journalistes, *dottore*.

– Quelle impression vous a-t-elle fait, Vitale ?

– La fille ? Charcutée et refaite.

– Refaite à quel point ?

– Un bon quarante pour cent. Seins. Lèvres.

– Je comprends que le vieux se soit fait prendre dans ses filets, conclut Orru.

– Si nous avions eu ces relevés hier, nous aurions pris Marinelli de vitesse, soupira Manrico.

– J'ai fait de mon mieux, *dottore*, réagit Orru, mais vous savez bien que…

– Vous avez fait des miracles, la tranquillisa-t-il immédiatement en lui souriant, mais ça n'a pas suffi. Patience. Nous nous rattraperons.

Cianchetti réapparut en secouant la tête.

– La mère et la fille sont passées en mode silencieux.

– Ne jamais perdre espoir.

– Mais il y a un appel de Mangili.

– Alléluia !

– Il parle avec un certain Fabrizio et il lui demande, texto : tout va bien pour la gamine ? Et l'autre répond : tout va bien, Gilbé.

– La gamine ? Il y a une gamine dans cette histoire, Cianchetti ?

– À moins de considérer cette Cetty comme une gamine, je dirais que non, *dottore*.

– Bien. Vitale, retournez dans mon bureau et apportez-moi l'ordinateur portable que vous trouverez sur la table. Une journée intense nous attend. En attendant nous devons entendre Matteo Diotallevi et ensuite… Oui, qu'y a-t-il, Cianchetti ? Je vous vois soupirer…

– Je peux être franche, *dottore* ?

– Bien sûr. Dites.

– Je pensais que nous entendrions la petite conne tout de suite.

Vitale ricana. Orru demeura impassible. Cela faisait des années qu'elles connaissaient Manrico et qu'elles travaillaient à ses côtés. Elles savaient à quel point le procureur n'appréciait pas certains tons. Mais Manrico les prit à contrepied.

– Je suppose que vous faites allusion à Paternò.

– Et à qui d'autre à part elle ?

– Que suggérez-vous ? Un traitement à la dure ?

– Bien sûr ! Je veux dire, pauvre idiote, comment tu oses dire "moi je ne parle pas à la police"… Toute l'Italie se fout de nous et on passe pour des faibles !

– Il y a pire, Cianchetti.

– Ah oui ? Et quoi ?

– Passer pour des imbéciles. Vous devriez lire Prezzolini.

– Qui ?

– Un écrivain d'il y a longtemps. Il soutenait, et à raison, que les Italiens peuvent tout supporter sauf de passer pour des imbéciles. Ça les met hors d'eux. Littéralement. Ça les rend… nous rend… constamment méfiants, suspicieux, sur la défensive. Mais vous n'avez jamais pensé qu'en faisant ainsi on perd le meilleur de la vie ?

L'inspectrice fit un effort surhumain pour se contenir. Mais qu'est-ce qu'il avait à déconner, le juge ! Tout le monde était dans la merde, bon sang !

– Mais oui, reprit Manrico, conciliant, nous allons l'entendre, nous allons entendre Mlle Paternò. Quand ce sera son tour. Pour le moment gardons-la au bain-marie. Vitale, installez-la dans mon bureau et dites-lui qu'elle sera appelée en temps voulu. Et laissez la porte ouverte, je ne voudrais pas que ça ait l'air d'une séquestration… Ça vous va, Cianchetti ? Bien. Quant à vous, partez sur les traces de Cetty Paternò. Je veux tout savoir d'elle. Et je veux le savoir de la bouche de ses amis, parents, voisins. Enfin, Orru : vous vous occupez d'Internet. Trouvez-moi tout ce que vous pouvez sur notre nymphette. Travaillez bien ! Ah, Orru… retrouvez-moi le numéro de ce… comment s'appelait-il ? Celui qui a parlé avec Mangili. Je suis curieux de savoir qui est cette "gamine"…

21

Manrico était en train de devenir un expert en dissimulation. Il se montrait calme et impassible, il tranchait et apaisait, il tempérait, comme il l'avait dit à Melchiorre. Mais en réalité une fière colère l'envahissait. Quel qu'en fût le motif, tout le monde se sentait autorisé à se moquer de la justice. Et puis, oui, il perdait patience. Plus le temps passé à s'occuper des misères du crime augmentait, plus sa tolérance diminuait. L'empathie qu'il avait autrefois éprouvée pour le monde du délit dans toute sa complexité, qu'il s'agisse des victimes ou des bourreaux, se transformait en une lassitude croissante. Le délit, chaque délit, lui semblait toujours plus proche d'une manifestation de stupidité. Tuer, voler, mentir… qu'y avait-il d'héroïque dans tout cela ? Où était allée se nicher la pitié qui autrefois avait été son étendard de magistrat et d'homme ? Ce n'est peut-être pas moi, le problème, se dit-il. C'est peut-être le contexte qui agit sur moi. On dirait que plus personne ne se soucie de la vérité. Mais le Fou ne l'avait-il pas déjà dit au roi Lear ? *La vérité est une chienne qui se relègue au chenil : on la chasse à coups de fouet, tandis que la braque grande dame peut s'étaler au coin du feu et puer**… Curieux que *Le Roi Lear* lui vienne à l'esprit. Le seul grand drame shakespearien que son bien-aimé Verdi n'avait pas réussi à mettre en musique.

Il se réfugia dans le cagibi que le chef des écoutes lui avait procuré, en fait un réduit entre deux bureaux

* William Shakespeare, *Le Roi Lear*, acte I, scène 4. Traduction de François-Victor Hugo (1872). (*NdT*)

remplis d'appareils qui transformaient les vies des autres en matériaux d'enquête, et demanda à l'inspecteur Motisi s'il y avait du nouveau. Il n'y en avait pas. Il téléphona à Camillo.

– Ici le secrétaire du comte Spinori della Rocca. En quoi puis-je vous être utile ?

– Tu vieillis, Camillo. Tu ne reconnais même pas ton numéro !

– À vrai dire, monsieur le petit comte, j'ai pensé que vous auriez pu échanger mon téléphone avec celui de n'importe qui d'autre…

– Touché. Beaucoup d'appels ?

– Vingt-deux pour le moment. Presque tous de journalistes.

– Tiens bon, Camillo.

– Toujours et partout, monsieur.

– La devise de l'artillerie.

Finalement, en grand secret, l'agent missionné par Orru fit entrer Matteo Diotallevi. Le fils aîné du défunt chanteur était un quadragénaire à l'air distant, froid comme un glaçon. Il vivait à Londres où il travaillait, expliqua-t-il, en tant que manager dans un secteur au nom imprononçable que Manrico oublia immédiatement. Sa voix était neutre, incolore.

– Entre mon père et moi les relations n'étaient pas idylliques, *dottore*. Ça fait des années qu'on ne se parlait plus. Je suis venu uniquement parce que vous m'avez convoqué. Je reste seulement pour l'enterrement.

– Qu'a fait votre père pour justifier tant de rancœur ?

– C'était un connard. Cette explication vous suffit ?

– Je la trouve un peu succincte, si je puis me permettre.

– Il a quitté ma mère pour l'Albanaise quand j'étais au seuil de l'adolescence. Pour elle, ça a été un coup dur. Elle avait sacrifié sa carrière pour lui.

– Comme Bukaci, par ailleurs.

– Ma mère était une grande artiste. Bukaci est une putain. On ne peut pas comparer les deux situations. J'ai beaucoup souffert. Nous avons beaucoup souffert. Je pourrais vous chanter la rengaine du père absent, des anniversaires aux côtés d'une mère triste, mais je vous l'épargne. Quand il n'était pas là, j'étais heureux. Je l'étais parce que je pouvais avoir maman rien que pour moi. Et elle n'endurait pas la présence de ce… bon, je ne veux pas exagérer. Après tout, maintenant il est dans les mains d'une justice beaucoup plus radicale que la vôtre. Si je puis me permettre.

Et en plus il le singeait, mister Iceberg. Un magistrat ne peut pas se permettre des sympathies et des antipathies. Mais, bon sang, un homme si. Manrico insista avec des questions parfois ouvertement ennuyeuses jusqu'à ce que, au-delà du masque de la rhétorique qui se déguisait en antirhétorique, la vraie raison de la rancune apparaisse. L'argent. Le voilà, *er priffe*.

– L'Albanaise et lui ont fait des pieds et des mains. Sociétés fiduciaires. Trusts. Donations illégitimes. Tout ça pour me spolier de ce qui m'appartient et me revient de droit. Nous sommes en procès. Depuis des années. Et je gagnerai. À condition que cette harpie ne parvienne pas à acheter je ne sais quel juge. Sans vouloir vous offenser, hein !

– Mais bien sûr, sans vouloir m'offenser. On ne peut quand même pas s'offenser du sens commun, non ? Vous avez entendu parler de cette présumée love story avec une jeune…

– Ça ne me surprend pas du tout. Au contraire, c'est peut-être précisément pour ça qu'on l'a tué. Parce qu'il s'apprêtait à quitter l'Albanaise et à rejouer le tour qu'il nous avait joué à l'époque.

– Ce sont des accusations graves.

– Ce sont seulement des réflexions à voix haute.

Après une nouvelle salve de coups de poignard hargneux, Manrico décida qu'il en avait assez et congédia le descendant rancunier. Avant cela il se fit dicter son numéro de téléphone pour pouvoir le joindre en cas de communication urgente. C'était une carte anglaise. Il va de soi qu'en quelques minutes le fils haineux, selon un décret rédigé dans les règles de l'art, se retrouva dans le lot des écoutes : on peut aussi capter une carte étrangère, si elle se trouve sur le territoire national.

Il téléphona à Brunella. Cetty Paternò était encore dans son bureau, sous la haute protection de l'implacable maître Maloiusti.

– Nerveuse ?

– Une pile électrique, *dottore*.

– Maloiusti ?

– Elle passe coup de fil sur coup de fil.

– Envoyez-les-moi.

22

Il n'y avait pas de réseau dans les catacombes de Commodilla, dernière étape des pérégrinations de Deborah Cianchetti sur les traces de Cetty Paternò. Elle terminait une discussion avec don Filiberto, un quinquagénaire grassouillet et débonnaire aux manières affables. Bien sûr qu'il connaissait Cetty. Il avait fait appel à ses services pour le nettoyage du site fréquenté par les touristes car, apprit l'inspectrice, il était le siège de la plus ancienne inscription romaine en langue vulgaire. Cetty, en fait Concetta, avait travaillé quelque temps pour une entreprise de nettoyage à Tiburtina et avait gagné sa vie chez des dames du quartier. Tout cela, expliqua le prêtre, avant de se consacrer à la musique.

Un peu plus tôt Cianchetti s'était rendue via Giovannipoli, dans le quartier de Garbatella, où habitait la jeune femme. Une rue qui avait autrefois accueilli une installation pas très différente d'un bidonville. Deborah était une jeune recrue quand, précisément à cet endroit, elle avait participé à l'arrestation mouvementée d'un type qui avait abattu son voisin et qui dans sa fuite avait blessé le locataire d'un autre immeuble. Huit ans après, elle était revenue arrêter le blessé d'autrefois, devenu, entre-temps, l'assassin de sa propre concubine. Mais aujourd'hui la rue s'était complètement gentrifiée, elle avait revêtu un aspect beaucoup plus respectable, presque bourgeois.

Cetty avait hérité de la maison de sa mère, une couturière morte prématurément. Deborah avait pris quelques photos de l'immeuble avec son téléphone : sous-sol, petit jardin bien entretenu qui donnait sur l'extérieur, façade en bon état. Impossible d'entrer car les lois votées par ces pique-assiettes de politiciens limitaient de façon absurde les pouvoirs de la police. Les voisins avaient joué à qui se vanterait le plus d'une amitié avec Paternò (depuis qu'elle était passée à la télé, supposa, maligne, Deborah). Et en chœur ils s'étaient répandus en éloges. Quant à Mèche d'Or, à la vérité personne ne l'avait jamais vu dans le coin, mais si Cetty disait qu'ils avaient une histoire, alors c'était vrai. Le détail de la différence d'âge ne semblait pas les scandaliser. Sauf, peut-être, don Filiberto.

– Vous savez inspecteur, je les ai vus ensemble !

– Le chanteur et Paternò ?

– Oui. Et… ce n'était pas une bonne chose, à mon avis.

– Selon vous ils s'aimaient vraiment ?

– Comment savoir ? Mais ils avaient presque cinquante ans de différence d'âge ! Tout ça c'est la faute de la télévision, vous savez !

– Que voulez-vous dire, mon père ?

– Les idées qu'elle met dans la tête des gens, non ? Cetty pouvait terminer l'école, se marier avec Graziano…

– C'était son fiancé ?

– Un brave garçon, il est mécanicien place Bartolomeo Romano. Si vous saviez combien il a souffert quand elle s'est mise avec ce chanteur ! Cinquante ans de différence, moi ce que j'en dis… les voies du Seigneur sont impénétrables, d'accord, mais enfin…

L'enseigne annonçait Stilcar : et d'ailleurs qu'est-ce que ça pouvait bien vouloir dire ? Une voiture qui a du style ? Qu'eux, les réparations, ils les faisaient avec style ? Une question oiseuse qui n'aurait pas détonné dans la bouche du juge petit comte, se surprit à penser Deborah avec un sentiment ambigu, indéchiffrable, entre la curiosité – parce que pour être bizarre, il était bizarre, le magistrat – et l'agacement – parce que, elle se l'était répété mille fois, quelqu'un de plus normal, ça aurait été mieux. Graziano, le mécanicien, était un beau spécimen d'environ trente ans, un mètre quatre-vingts, cheveux très courts et barbe de hipster ou de petit mafieux de province. Qui d'ailleurs, dans certains coins, sont les mêmes. Il avait les yeux bleus et une voix rauque de fumeur.

– Qu'est-ce que j'peux faire pour vous, mademoiselle ?

Deborah agita sa carte. Le jeune homme hocha doucement la tête, son regard se durcit.

– J'ai fait quelque chose ?

– Pour le moment, rien. J'aurais seulement quelques questions sur Mlle Paternò.

– Du genre ?

– Sur vos relations. Par exemple…

– J'ai rien à dire. Et puis j'ai du boulot, alors désolé, mais je dois y aller. Au revoir.

Et il tourna le dos pour s'en aller.

– Vous préférez terminer cette conversation au Parquet ?

– Je dois prendre un avocat ? répondit-il par provocation.

– Je ne sais pas. C'est à vous de me le dire. Vous avez quelque chose à cacher ?

– Moi j'ai rien à cacher, c'est vous les flics qui inventez des trucs.

Le mécanicien *si stava imbruttendo*, commençait à faire son méchant, comme on dit à Rome. Certains collègues lui auraient déjà passé les menottes. Deborah ne détestait pas les manières fortes mais ça dépendait de la façon de faire et de l'occasion. Surtout – et ça, la rue le lui avait enseigné très tôt – *se devi fa' lo schiffo, fallo bene et nun te fa' becca'*, si tu dois faire une saloperie, fais-la bien et te fais pas choper. Parce que les sanctions disciplinaires sont toujours aux aguets et si, par exemple, ce petit macho bombait le torse et qu'il s'avérait ensuite qu'il n'avait rien à voir avec le crime, qu'il jouait simplement un peu les caïds, bah… pour une bêtise pareille, on pouvait jouer sa carrière. Faisant alors appel à toute sa patience, elle alla même jusqu'à lui sourire.

– Allez, deux questions et vous pouvez retourner travailler.

Son apparente soumission démonta Graziano.

– Moi je l'aimais, mais elle s'est mise avec ce vieux. Ça fait un moment qu'on se parle plus.

– Vous avez regardé la télé hier soir ?

– Bien sûr que je l'ai regardée.

– Et qu'est-ce que vous en pensez ?

– De quoi ? Qu'ils étaient ensemble ? C'étaient les affaires de Cetty. Qu'est-ce que j'ai à voir avec ça ?

– Mais il l'aurait épousée ? Il aurait quitté sa femme pour elle ?

– Lui, elle, et oh, j'y comprends plus rien…

– Vous pouvez arrêter de jouer à l'idiot, s'il vous plaît ?

Le garçon soupira, et pour la première fois Deborah vit briller dans son regard une lumière qui avait quelque chose d'authentique.

– Cetty, quand elle se met une idée dans la tête… Je peux retourner travailler maintenant ? Sinon le patron va se foutre en rogne.

23

Cetty croisa les jambes avec un mouvement à la Sharon Stone. Manrico trouva l'effet irrésistiblement comique. Un pénétrant parfum fruité inonda le cagibi. Maître Bruna Maloiusti, petite, tenace, battante, méchante comme la gale, s'installa à côté d'elle de l'autre côté du bureau.

La fille était la quintessence de la vulgarité. Il existe bien sûr des vulgarités séduisantes, excessives, d'une agressivité attirante qui pourrait même conduire à la perdition comme on lit dans les classiques du XVIIIe siècle libertin. Mais ce n'était pas le cas de Cetty Paternò. Mèche d'Or avait vraiment perdu la tête pour elle ?

– Mademoiselle Paternò, vous avez affirmé, dans une émission télévisée…

Protégée par le regard caressant de Maloiusti, Cetty Paternò retraça, dans une longue déclaration, les étapes de sa love story avec le vieil ex-chanteur. La rencontre. Les premiers rendez-vous. Les vacances clandestines. L'audition qu'il avait décrochée pour elle grâce à l'ami commun Maurilio Pomanti. L'enregistrement, encore à venir, de son premier disque en solo, et naturellement les espoirs, les promesses, le brillant avenir.

– Et maintenant tout cela est terminé…

Et la voici, l'incontournable larme furtive, suivie de l'intervention consolatrice et empressée de Maloiusti. Manrico écoutait et notait de temps en temps : l'essentiel, le strict nécessaire, pas une virgule de plus. Fausse. Cette larme était fausse. Beaucoup moins réelle que celle immortalisée par le Nemorino de Donizetti. Ou bien en était-il arrivé à discréditer ses semblables au point de ne plus savoir repérer l'authenticité ?

– Il avait juré de m'épouser, monsieur le juge !

– Mais, pardonnez-moi, d'après vous, sa femme était-elle au courant de votre relation ?

Enfin. Enfin tu en viens au fait, disait le regard que s'échangèrent l'avocate et sa cliente.

– Bien sûr qu'elle savait ! s'exclama Cetty avec conviction et en un instant la douleur disparut de son visage rondouillard. Il le lui avait dit. Il lui avait dit qu'il avait l'intention de divorcer… C'est pour ça…

– Cetty, chérie, ça va comme ça, intervint Maloiusti d'une voix suave. Ce que veut dire ma cliente, *dottore*, c'est : c'est pour ça que je suis désespérée, parce que maintenant il n'est plus là !

– Je comprends très bien, maître.

– Je vous remercie, monsieur le juge.

Eh oui, bien sûr. Parce que la phrase suivante devait être : c'est pour ça qu'elle, la veuve, l'a tué. Mais c'était une phrase qui pouvait risquer de passer pour de la calomnie. Et l'experte avocate était donc opportunément intervenue. Dialectique. Rhétorique. Justice. On frappa à la porte. Cianchetti passa une tête. Manrico s'excusa et sortit du cagibi.

– Alors ?

– On peut en parler sur la terrasse ? Comme ça je peux…

– Fumer ? Allons-y.

Au moins il ne lui avait pas infligé toutes ces salades sur la cigarette qui est mauvaise pour la santé etc., etc. Deborah rendit compte des informations qu'elle avait recueillies sur Paternò. Et elle raconta sa rencontre avec l'ex-fiancé.

– Si je peux me permettre, *dottore*, moi je le placerais aussi sur écoute.

– Vous pensez à quoi ?

– À rien de précis. Mais il ne m'a pas plu.

– Alors ajoutez-le au catalogue, ironisa le magistrat.

– Il a peut-être fait une grosse bêtise parce qu'il était jaloux du chanteur. En tout cas, il a quelque chose à cacher.

– *Non dicere ille secrita a bboce*... continua-t-il sur le même ton.

– Pardon mais vous avez dit quoi ?

– "Ne dites pas les secrets à voix." À voix haute, probablement. C'est l'inscription en langue vulgaire des catacombes de Commodilla, là d'où vous arrivez.

– Et c'est quoi le rapport ?

– Je ne sais pas. Il me semble que c'est une sorte de métaphore du temps qui passe. Je veux dire, les choses ont beaucoup changé depuis lors. Pensez à la façon dont parlent nos mis sur écoute. Et, d'une manière générale, trouvez-m'en un qui ne brûle pas de les révéler, les secrets. Et à voix haute ! Bravo, inspecteur, excellent travail. Pour aujourd'hui vous pouvez y aller. À plus tard.

Manrico se dirigea vers le cagibi. En chemin il téléphona à Brunella et lui demanda de lui envoyer la veuve de Mèche d'Or et sa fille. Il fit durer l'entretien en mettant en scène une légère joute oratoire avec l'avocate, de la série magistrat versus avocat, et lorsqu'il entendit du va-et-vient dans le couloir, il les informa qu'elles pouvaient y aller. Enfin, poliment, il ouvrit grand la porte. De façon que Cetty et son avocate, en sortant, se retrouvent face à face avec Alina, sa fille et leur avocat qui stationnaient sur le seuil. En vieux roublards, Maloiusti et Poggi comprirent que Manrico avait délibérément œuvré pour observer les réactions des trois femmes lorsqu'elles se croiseraient et ils s'interposèrent pour éviter l'incident. Mais le jeu des regards n'était que trop éloquent. Du moins pour ce qui était des regards chargés de haine que se lançaient Bukaci et la jeune Paternò, tandis que de son côté, Clara Diotallevi, les yeux rivés sur sa mère et les joues rouges, semblait attendre l'ordre de partir à l'assaut.

– Asseyez-vous, je vous en prie, exhorta Manrico en laissant passer la mère et la fille. Il était satisfait du petit spectacle. Non pas qu'il se soit attendu à quelque chose de particulier : mais au fond de lui se manifestait une sorte de diablotin mesquin qui exigeait une satisfaction maligne. Et si la comédie humaine de la procédure lui en offrait l'occasion, pourquoi ne pas en profiter ?

24

Poggi prit place entre les deux femmes. L'avocat et Manrico avaient le même âge. Ils avaient même préparé ensemble quelques examens universitaires. Ils n'étaient pas amis mais ne manquaient pas d'estime l'un pour l'autre. Poggi n'était pas considéré comme un ténor du barreau, ni comme un pur-sang, mais c'était incontestablement un bon cheval de trait. À la différence de tant de ses confrères, il n'avait peut-être pas été suffisamment dépourvu de scrupules pour prendre son envol. En tout cas, d'un point de vue strictement formel, ni Poggi ni Maloiusti n'auraient eu le droit d'être présents à l'entretien avec leurs clientes car elles n'étaient accusées de rien. Mais Manrico détestait ergoter et détestait par-dessus tout cette espèce de combat de coqs à la mode entre l'accusation et la défense. C'était excellent pour exciter un public ignorant, mais trop souvent contre-productif. Au fond, on tire les conclusions quand l'arbitre, en l'occurrence la Cour de cassation, siffle la fin du match. Et à ce moment-là, que l'on soit accusateur ou défenseur, si on perd, on se sera égosillé et on aura insulté pour rien. Mais il savait qu'il faisait partie d'une minorité : les amoureux de la justice comme lutte à mort étaient nombreux, trop nombreux.

– Mes clientes voudraient vous faire part de plusieurs faits, commença l'avocat.

– Je vous en prie.

La fille ouvrit la bouche, avec l'air de quelqu'un qui s'apprête à se lancer dans un discours, mais sa mère la prit de vitesse. Et, avec une remarquable véhémence, informa le magistrat que : a) elle était parfaitement au courant des quelques rendez-vous galants (ce n'étaient pas ses termes mais c'était le sens) entre son mari et cette demoiselle qui se faisait de la publicité sur le nom du défunt ; b) Stefano, ou Mario Brans, ou Mèche d'Or, il fallait le comprendre : c'était un artiste, un homme de caractère, mais il avait surtout un grand cœur, c'était un généreux, un passionnel, un instinctif. Les jeunes filles le harcelaient. Et parfois son tempérament prenait le dessus. Mais il comprenait ensuite qu'elles n'en voulaient qu'à son argent et à son pouvoir et il rentrait immanquablement au bercail ; c) cette petite aventure avec la soi-disant chanteuse ne se distinguait pas des nombreuses autres que feu Mèche d'Or avait eues par le passé ; d) cette fois encore Stefano avait veillé à se débarrasser de la jeune écervelée ; e) la décision avait été communiquée à l'épouse par le premier intéressé au cours du week-end qui avait précédé le tragique événement. Ils l'avaient passé dans le chalet familial à Chamonix où la réconciliation définitive avait eu lieu.

– Et si vous voulez mon avis, monsieur le juge…

– Ça suffit comme ça, intervint Poggi dans le même rôle que Maloiusti quelques instants plus tôt, celui de l'avocat modérateur.

– Vous n'excluez pas, compléta Manrico sur un ton légèrement amusé, que pour se venger d'avoir été d'abord illusionnée puis déçue, la jeune Paternò…

– Ma cliente n'a jamais eu l'intention de dire une chose pareille ! s'emporta Poggi à l'instar une fois encore de Maloiusti.

Manrico leva les mains en signe de reddition.

– Et vous, mademoiselle Clara, ajouta-t-il en s'adressant à la fille, vous avez quelque chose à dire ?

– Je… Maman a tout dit.

– S'il n'y a rien d'autre, monsieur le procureur…

D'un autre geste, celui-ci plus vague, le magistrat fit se rasseoir l'avocat qui s'apprêtait déjà à lever le camp.

– Ce matin j'ai entendu le *dottor* Matteo Diotallevi, laissa tomber Manrico presque avec indifférence.

Bukaci se raidit. Manrico arbora son plus charmant sourire à l'intention particulière de la jeune Clara.

– Vous voulez bien me parler de vos relations avec votre demi-frère ?

– Je parie qu'avec vous il a joué les victimes, c'est ça ? s'immisça la mère en pointant son index vers le magistrat.

Et à ce moment-là, sans se soucier des tentatives de son avocat pour la calmer, Alina Bukaci partit à l'assaut. Matteo Diotallevi : un parasite, un voleur, une crapule. Il la détestait parce qu'elle avait remplacé sa mère, encore quelqu'un de bien, celle-là, une alcoolique qui avait fini ses jours dans une clinique de Santa Margherita Ligure, aux frais de Stefano, bien entendu, une harpie dépressive qui lui avait rendu la vie impossible. Et s'il était compréhensible que Matteo lui en veuille à elle, Alina, parce qu'elle avait rempli le grand vide qui s'était ouvert dans le cœur de Stefano, sa rancœur contre la pauvre Clara était tout à fait injustifiée. Matteo était un escroc. Ce n'était pas parce que les Anglais avaient besoin de ses talents qu'il était allé à Londres, ça non. À Rome il avait fait toutes les conneries possibles, d'abord il s'était fait prendre en train de chaparder dans un centre commercial, et feu Stefano avait dédommagé pour éviter la plainte… ensuite il avait fait une semaine de prison parce qu'un soir, ivre, il avait saccagé une boîte de nuit, et papa avait dû une nouvelle fois intervenir pour rembourser les dégâts. Il avait été recalé dans les écoles de tous les niveaux jusqu'à ce qu'il réussisse à arracher un médiocre diplôme, et même ensuite une licence dans une de ces universités pour cancres où l'on paie pour avoir le bout de papier. Finalement, poursuivi pour plusieurs escroqueries, il s'était réfugié à Londres où une fois encore Mèche d'Or, après avoir éteint la dette, lui avait trouvé un travail dans une maison de production.

– Et pour couronner le tout, Stefano s'était rendu compte, précisément il y a deux mois, que des dépenses insensées figuraient sur ses relevés de carte de crédit, des dépenses qu'il n'aurait jamais rêvé de faire. Et vous savez ce qui s'était passé, monsieur le juge ? Ce drôle de coco de Matteo lui avait cloné sa carte ! Vous comprenez ? À son père ! Nous avons été obligés de porter plainte. Vous parlez d'une victime !

– Je pense que ça suffit, suggéra l'avocat en posant une main sur le bras de la veuve enragée.

– Je suis d'accord, décréta Manrico avant de leur faire signe qu'ils pouvaient se considérer comme libres.

Resté seul, il envoya un e-mail de mises à jour à Orru. Il s'aperçut alors que de son côté la Sarde lui avait écrit quelques heures plus tôt. Elle avait réussi à identifier l'interlocuteur téléphonique de Mangili, ce Fabrizio auquel le survivant de l'accident avait demandé des nouvelles de la "gamine". Il répondait au nom de Ferrigni Fabrizio, trente-six ans, petit antécédent pour bris de scellés et construction abusive, actuellement gardien au cimetière de Monteampio. Un SMS arriva. Il était de Vitale. Il lui téléphona.

– Je l'ai trouvé, dit-elle. Je suis à l'entrée de la via Golametto. Pardon pour le retard mais il était toujours injoignable. Mais quand il a rallumé son téléphone, il a rappelé immédiatement. Il est un peu tard, qu'est-ce que je fais ?

– Amenez-le-moi et ensuite vous êtes libre. À plus tard, murmura-t-il en soupirant.

La longue journée réservait encore des surprises.

25

Mangili venait d'entrer dans le cagibi lorsqu'il reçut un appel. Le petit homme en fut surpris. C'était bien compréhensible étant donné que d'après les écoutes ses relations sociales semblaient proches de zéro. Manrico lui fit signe qu'il pouvait répondre.

– Oui ? Ah... mais vous...

Mangili écouta les premiers mots de son interlocuteur puis fixa Manrico d'un air interrogatif. Comme s'il disait : qu'est-ce qui se passe, *dottor* Spinori ? Le procureur retourna l'interrogation à l'expéditeur : et c'est à moi que vous le demandez ? Puis, comme l'autre continuait à le fixer d'un air ahuri, il lui murmura de mettre le haut-parleur. Mangili s'exécuta. Le ton impérieux de Marilena Marinelli se propagea.

– Et donc, Mangili, votre témoignage est important parce que vous avez été si proche de ce pauvre Diotallevi, vous connaissez tous ses secrets, et le public, comme vous le comprendrez, adore les secrets... Vous êtes encore là, Mangili ? Vous avez compris ce que je vous propose ?

– Faites-la parler, murmura Manrico.

– En vérité je n'ai pas bien saisi... dit Mangili.

– Alors je répète, répondit Marinelli en montant d'un ton et en laissant transparaître une légère impatience, vous venez à l'émission et vous nous racontez la vie et l'œuvre du mort, pas gratuitement bien sûr, il ne manquerait plus que ça, il y a une enveloppe pour vous...

– Demandez-lui combien, murmura encore Manrico.

– Une enveloppe ? Et quel serait le...

– Eh bien, on pourrait arriver à cinq mille euros, une jolie somme pour une interview, qu'est-ce que vous en pensez, Mangili ?

– Demandez-lui : et comment fait-on avec l'enquête en cours ? suggéra le procureur.

– Mangili ? Vous êtes encore là ?

– Écoutez, madame, et comment fait-on avec l'enquête en cours ?

– Ah ah ah ! ricana Marinelli. Vous êtes encore du côté des juges ? Mais laissez-les tomber, ceux-là, ils n'y comprennent rien ! Désormais les procès se font hors des salles d'audience ! Nous sommes directement responsables envers le peuple italien, vous comprenez ?

Manrico fit signe à Mangili de lui passer le téléphone.

– *Dottoressa* Marinelli ?

– Oui ? Et vous êtes ?

– Je suis un de ceux qui n'y comprennent rien. Manrico Spinori, substitut du procureur de la République.

– Mais comment osez-vous…

– Pardonnez-moi, c'était seulement pour vous informer que M. Mangili est en ce moment devant moi et qu'il s'apprête à me raconter la vie et l'œuvre du défunt. Et qu'il n'a aucune intention de parler avec vous. Bonne chance pour votre émission.

Il rendit l'appareil au factotum.

– Maintenant nous pouvons commencer.

– Je suis à votre disposition, monsieur le juge.

– Comme l'a dit Marinelli, vous étiez très proche de la victime. Son chauffeur. Son homme de confiance. Vous étiez intimes, j'imagine.

– Oui et non. Il ne me disait quand même pas tout.

– Qui donc dit vraiment tout de lui au reste du monde, Mangili ?

– Je ne vous suis pas, *dottore*.

– Passons. Il ne vous disait pas tout, mais… beaucoup est-il plus réaliste ?

– Beaucoup oui. Beaucoup, il m'en disait beaucoup.

– Qu'y a-t-il de vrai dans l'histoire qu'a racontée Cetty Paternò ?

– Vous voulez savoir s'il a pu coucher avec Cetty ? Oui, bien sûr, le contraire me surprendrait.

Franc. Direct, explicite.

– Il aimait les filles, surtout si elles étaient jeunes. Ne vous méprenez pas, hein, pas de mineures. Mais il les aimait. Il disait qu'il avait vu quelque part que Mao, le dictateur chinois, couchait avec des vierges pour se sentir ragaillardi… maintenant, il m'avait dit, Gerry… quand il était d'humeur, il m'appelait Gerry… des vierges on n'en voit plus beaucoup par ici, il faut savoir se contenter de ce qu'il y a, mais je ne suis pas difficile…

– Du genre "*questa o quella per me pari sono**, elle ou une autre cela m'est indifférent".

– Pardon ?

Manrico fit un signe qui voulait dire laissez tomber. Mais était-il possible que plus personne ne se souvienne de ce cher vieux mélodrame ?

– D'après vous, avait-il promis à cette Paternò qu'il abandonnerait sa femme et qu'il l'épouserait ?

– Peut-être. À elle comme aux autres. Ce qui est incroyable, c'est qu'elles tombaient toutes dans le panneau. Bon, peut-être pas toutes, mais beaucoup… souvent le *dottore* s'en étonnait lui-même.

Et pourquoi en aurait-il été autrement ? Brans était célèbre, une célébrité qui datait un peu, d'accord, mais il s'agissait toujours de célébrité. Les jeunes femmes rêvaient de percer dans le milieu du spectacle. Deux plus deux… Étrange que quatre jours après sa mort il n'en soit sorti qu'une seule.

– Naturellement, reprit Mangili, il n'aurait jamais épousé aucune de ces pauvres filles.

---

* Air fameux de *Rigoletto*, de Giuseppe Verdi. (*NdT*)

– Mais il l'avait fait avec Bukaci, sa dernière femme.

– Mme Alina, il s'y accrochait. C'était une femme d'un autre niveau.

– Et elle était au courant ?

– De ses petites aventures ? Mais bien sûr. Elle savait et laissait courir. Une femme intelligente.

Manrico laissa échapper un sourire. Un jour il avait employé cette expression, femme intelligente, avec Adelaide. Elle avait réagi avec son habituelle ironie. Dans un certain type de langage masculin, avait-elle expliqué, femme intelligente est synonyme de celle qui se laisse cocufier sans protester. Ce n'était certes pas son cas, vu comment s'était terminé leur mariage. Un point pour la veuve. Mais elle ne devait pas être si intelligente que ça puisque les écoutes laissaient transparaître sa rancœur pour les humiliations que la victime lui avait fait subir.

– Mais moi, il m'attendrissait autant qu'il me mettait en colère, murmura soudain Mangili.

– Pardon mais que voulez-vous dire ?

– Bah, quelqu'un de son âge, fréquenter des jeunes filles… Vous savez ce qu'il a fait à Paris, un jour ? Il y était allé pour un concert qui avait été annulé. Il s'était enfermé dans sa chambre d'hôtel avec une escort mais il n'avait rien fait avec elle. Il s'était mis à pleurer. Si vous saviez combien de fois il m'a dit : Gerry, parfois je me réveille en pleine nuit couvert de sueur et je me demande : c'est maintenant ? C'est le moment ? La fin est arrivée ? Mais si hier encore j'avais l'impression d'être un petit garçon et qu'à l'intérieur de moi j'ai encore l'impression d'en être un… Ça, ça m'attendrissait.

– Et la colère ?

– Il les baratinait, répondit Mangili dont le visage se durcit brusquement comme s'il était parcouru par une décharge d'agressivité, puis, le moment venu, il ne les aidait pas du tout.

– Ce n'était pas quelqu'un de bien. Et avec vous, comment se comportait-il ?

– Avec moi, bien, se reprit-il en retrouvant son habituelle douceur.

– Racontez-moi.

– Lorsqu'il y a eu l'histoire de ma fille...

– Votre fille ?

Une ombre de souffrance obscurcit le regard de Mangili.

– Un malheur, il y a quelques années.

– Je suis désolé.

– Ma fille unique. Barbara. Le *dottore*, oui, je veux dire le *dottor* Brans, a été très présent dans ce moment difficile.

Une fille morte. Ce devait être la “gamine” dont parlait Mangili avec le gardien de cimetière. Manrico leva les bras. Depuis que cette histoire avait commencé, c'était la première fois qu'il avait la sensation d'être confronté à un sentiment authentique. Tous les autres lui étaient apparus comme les figurants d'un récit obscène, indifférent à la vie humaine, concentré sur l'intérêt. Mangili venait de manifester une douleur sincère. Par ailleurs, que pouvait représenter la perte d'un enfant, pour un parent ? C'était une chose qui allait au-delà de sa capacité de compréhension. Une offense à l'ordre naturel du cosmos. Il éprouva un élan de pitié envers Mangili. Et le désir impérieux de changer de sujet.

– Que faisiez-vous avant de travailler pour Brans ?

– J'ai toujours travaillé pour des maisons de production, j'étais chauffeur, je réglais quelques problèmes, je suis un peu un enfant de la balle, mon père s'occupait de la figuration à Cinecittà, vous savez, à l'âge d'or du cinéma... Lui, il les a tous connus, Rossellini, De Sica, Fellini... Un jour de tournage on m'a envoyé chercher le *dottor* Brans...

Le metteur en scène s'était entiché d'une chanson de Mèche d'Or et voulait à tout prix qu'elle fasse partie de la bande originale du film. Le chanteur demandait une somme exagérée pour les droits. Une rencontre avait été organisée. Mangili avait été chargé d'aller chercher Brans.

– Nous nous sommes plu tout de suite. Enfin, je veux dire, le *dottore* a été très gentil avec moi et m'a demandé si j'avais envie de faire quelques petits extras.

– Du genre ?

– L'emmener là où il voulait quand il en avait besoin. Il disait que j'étais quelqu'un de discret et puis… je le faisais rire.

– Vous ?

Mangili acquiesça, prit un air sérieux, soupira, plissa le front comme s'il cherchait à se concentrer, grommela quelque chose, baissa la tête pour la relever brusquement. Et il se lança dans l'imitation d'un célèbre politicien d'antan. À partir de là, sous les yeux incrédules de Manrico, il se mit à singer d'autres personnages connus, un présentateur de télévision éclectique, un footballeur aphasique, un critique d'art surexcité… Il était proprement irrésistible.

– Mais vous êtes…

– Le *dottore* disait que j'étais un acteur né, murmura Mangili en revenant à plus de sobriété, mais le fait est que quand j'ai essayé de le faire en public j'étais gêné, je devenais tout rouge et je bafouillais…

– Mais avec Brans ça ne se passait pas comme ça.

– Avec lui je me sentais à l'aise.

– Vous étiez amis.

– Je vous l'ai dit, l'amitié est une chose sérieuse. Mais avec lui je me sentais bien. Même si…

– Même si ?

Mangili souffla.

– Parfois il prenait quelqu'un pour cible et me demandait de l'épauler pour des mises en scène… des mises en scène méchantes.

– Méchantes ?

– Oui, il me demandait d'incarner quelqu'un, de l'aider à faire des blagues cruelles… Moi je n'aimais pas beaucoup ça.

– Vous étiez récompensé pour ça ?

Mangili hocha doucement la tête.

– Et les victimes ? Comment réagissaient-elles ?

– Mais, vous savez, elles ne pouvaient rien lui faire. Il n'avait rien à craindre d'elles. Il était… enfin, parfois il se comportait vraiment mal.

– Vous le définiriez comme un sadique ? Quelqu'un qui aimait faire du mal aux autres ?

– Non, se raidit Mangili. Mais parfois c'était comme s'il n'était plus lui-même. Ensuite il pouvait s'en vouloir et demander pardon, ou envoyer une bouteille en cadeau, des choses comme ça.

– Je vous pose une question à brûle-pourpoint : pensez-vous que quelqu'un qui se soit senti visé ait pu vouloir se venger ?

– Et comment je pourrais le savoir ?

Il en avait des côtés obscurs, le pauvre défunt ! Séducteur, provocateur, il baratinait les jeunes filles pour ensuite les larguer… Mangili demeurait calme, dans l'attente d'autres questions.

– J'ai l'impression qu'entre Mme Bukaci et le fils du premier lit ça ne marche pas très fort.

Mangili écarta les bras.

– Matteo n'a pas digéré la séparation. Il dit que son père préfère sa demi-sœur et qu'il lui a pris quelque chose.

– De l'argent ?

– Et peut-être quelque chose de plus. Un jour le *dottore* m'en a parlé plus longuement. Gerry, il m'a dit, mon fils dit qu'il a grandi sans père, mais qu'est-ce que je peux y faire ? Sa harpie de mère me l'a enlevé…

– Ça s'est vraiment passé comme ça ?

– Je ne sais pas. En tout cas, pendant un moment le *dottore* a essayé d'y remédier mais il a fini par renoncer. Gerry, il m'avait dit, qu'est-ce que je peux y faire, s'il me déteste ?

– Ils ne se voyaient donc jamais…

– Dernièrement c'est Matteo qui avait refait surface.

– Que voulez-vous dire ?

– Le *dottore* me l'avait raconté. Matteo lui avait écrit quelques e-mails, il voulait… faire la paix, je crois.

– Et le *dottore* ?

– D'un côté ça lui avait fait plaisir, d'un autre côté il disait : celui-là il m'a piqué du fric et maintenant il veut pas rembourser… Il y avait une histoire de carte de crédit, là-dessous, de chèques…

Ça correspondait aux déclarations de Bukaci.

– Ils n'ont donc pas fait la paix.

– Non, mais je sais qu'ils se sont rencontrés.

Manrico se retint de ne pas bondir sur sa chaise.

– Vous vous souvenez où et quand ?

– Laissez-moi réfléchir… ça devait être trois… non, deux jours avant l'accident. J'avais accompagné le *dottore* à la banque, et comme il n'y avait pas de place j'avais tourné avec la voiture en attendant qu'il ait terminé. À un moment, ça devait être la troisième fois que je passais devant la banque, je les ai vus. Son fils et lui.

– Matteo.

– Oui, Matteo.

– Deux jours avant le crime.

– Oui. Mais n'allez pas croire que…

– Continuez, je vous en prie.

– Rien de plus. Ils étaient devant la banque et ils parlaient.

– Comment ? De quelle façon parlaient-ils ?

– Ils étaient agités. Matteo était très agité.

– Et vous, qu'avez-vous fait ?

– Rien, moi je m'étais arrêté pour voir si le *dottore* avait besoin de quelque chose, mais derrière on m'a klaxonné alors j'ai dû bouger, et comme c'est une rue à sens unique, je ne pouvais pas faire demi-tour, je pouvais seulement avancer, faire le tour et repasser. Et c'est ce que j'ai fait. Mais quand je suis revenu le *dottore* était seul. Matteo était parti.

"Ça fait des années qu'on ne se parle plus." Tu m'en diras tant, Matteo Diotallevi le glaçon !

– Et ensuite, vous en avez discuté ? Brans et vous ?

– Je lui ai posé des questions, j'étais curieux. Mais lui… le *dottore* a fait un geste de la main et ça s'est arrêté là.

– Comment était-il ? De quelle humeur, je veux dire.

– Fou de rage, monsieur le juge.

26

Il était prévu depuis longtemps que Gavina Orru fêterait ses trente-deux ans en profitant des quelques jours de congés qu'il lui restait à prendre. Mais l'urgence Mèche d'Or avait fait tomber ce projet à l'eau. La Sarde s'était donc rabattue sur un apéritif dînatoire au Colibrì, un bar à vin à la mode du quartier des Prati, non loin de la citadelle judiciaire. Et comme le *dottor* Spinori avait recommandé de socialiser avec la nouvelle venue, Sandra Vitale s'était chargée d'inviter Cianchetti. À sa grande surprise, et avec une pointe de déception habilement cachée derrière un sourire de façade, la longiligne inspectrice avait accepté. Et Deborah s'était ainsi retrouvée à une table microscopique, écrasée contre le mur dans l'enfer du samedi soir, à siroter un prosecco et à manger avec les doigts en tentant d'engager la conversation avec ses collègues et deux types qui complétaient la bande : Nico, greffier de la deuxième section pénale, quarante-cinq ans, grisonnant, distingué, mari de Vitale, et Filippo, professeur d'italien dans un lycée de Cassino, grand passionné de rock, de cinéma et de théâtre, et éternel fiancé de Gavina.

À vrai dire, plutôt que de prendre part aux bavardages, elle y assistait, ne sachant pas encore si elle avait bien fait d'accepter l'invitation. Elle avait décidé de laisser Diego mariner un peu, elle n'était pas d'humeur pour des escapades érotiques, et par ailleurs la perspective d'un samedi soir solitaire avec pizza et bière ou, pire, avec papa et maman, lui paraissait intolérable. Quand Vitale lui avait proposé l'apéro dînatoire elle avait donc tout de suite accepté et s'était régalée de lire la stupeur sur le visage de sa collègue. Mais qu'importe : le *dottor* Spinori apprécierait, il lui avait dit comme, supposait-elle, il l'avait dit aux autres, que l'esprit d'équipe était de mise quand on devait travaillait ensemble. Pourtant, malgré ses efforts, elle s'était peu à peu sentie exclue. Et elle était allée fumer une cigarette. La seule à cultiver ce vice parmi ses collègues à cheval sur leur santé.

Elle sentait monter inexorablement la douloureuse impression de ne pas être à sa place. C'était comme si elle appartenait à une espèce différente que les autres avaient du mal à reconnaître. Et donc, ils ne l'acceptaient pas. Mais elle, est-ce qu'elle faisait des efforts ? Non. Quel était le livre que lui avait offert sa mère, déjà ? *La Petite Fille porc-épic.* Qui fait fuir tout le monde en hérissant ses piquants comme une folle, pour ensuite se prendre d'affection pour un petit chien apeuré. Bon, rien à foutre, trancha-t-elle en écrasant furieusement sa cigarette sous son talon, apparemment le gentil chiot on ne l'avait pas encore inventé pour elle.

– On voit votre pistolet.

Elle se retourna brusquement. Manrico était face à elle, l'air fatigué et un bouquet de fleurs sous le bras. Elle baissa instinctivement les yeux. On voyait en effet dépasser la crosse de son Beretta de l'étui mal attaché à la ceinture de son jean. Elle rangea mieux l'arme en rougissant malgré elle.

– Rejoignons le reste du groupe, vous voulez bien ?

Elle suivit le procureur dans le bar. Orru, Vitale et leurs compagnons respectifs l'accueillirent avec un réel enthousiasme. Ils ne s'attendaient pas à sa visite. Ils ne s'attendaient pas à ce qu'il se souvienne de l'anniversaire. Manrico offrit les fleurs en s'inclinant et Deborah s'aperçut qu'elle n'était pas la seule femme encore capable de rougir. Elle apprécia. Elle se sentit moins extraterrestre et Orru lui inspira une certaine sympathie. Elle attrapa au vol une serveuse au décolleté tapageur et demanda au procureur ce qu'il voulait boire. Manrico réfléchit un instant et murmura "des bulles". On lui fit une place entre Vitale et le fiancé d'Orru. Le procureur sortit de sa poche le petit paquet que lui avait donné Camillo et le remit à la reine de la fête.

– Des fleurs, mais aussi de bien bonnes œuvres, Gavina.

Orru ouvrit le cadeau et poussa un petit cri de joie. Et elle continua à rougir. Deborah regarda du coin de l'œil. Des tickets de cinéma. Eh ben, se dit-elle, toute une histoire pour deux tickets de cinéma… si encore il y en avait vingt. Mais puisqu'elle avait la prétention de bien se connaître, elle savait identifier le sentiment qu'elle éprouvait en ce moment précis. Le vrai sentiment, pas l'apparence dictée par le style "celle qui ne pose jamais de question" qu'elle avait choisi d'adopter dans la vie de tous les jours. Ce sentiment s'appelait la jalousie. Les bulles de Manrico arrivèrent. Le magistrat trinqua à la santé de Gavina Orru. Tout le monde but après s'être regardé dans les yeux. Sinon, c'est sept ans de mauvaise baise. Allez savoir qui a été le premier à imposer cette superstition idiote. Un jour son amie Chanel avait dit : elle sera peut-être mauvaise mais ce sera toujours de la baise !

– Il y a du nouveau, commença-t-il en regardant intensément Vitale.

Les conjoints d'Orru et Vitale échangèrent un signe de connivence et s'éloignèrent. Manrico mit son équipe au courant des révélations de Mangili.

– Bon Dieu ! explosa Cianchetti. S'il était à Rome, il a pu scier le tuyau !

– Il se dispute avec son père qui repousse son désir de faire la paix, s'immisça Orru, et il se venge en coupant le tuyau. Puis il rentre à Londres…

– Avant de tirer des conclusions hâtives, dit Manrico, nous devons vérifier s'il était encore ici le soir du crime ou s'il était déjà reparti à Londres. Je vous rappelle que le matin qui a suivi le crime, quand nous avons su qu'il s'agissait d'un crime, il était déjà à Londres. Orru, vous vérifiez ça vite auprès des compagnies aériennes.

– Bien sûr, *dottore*.

– Parfait. Je ne veux pas gâcher votre soirée davantage. Je vais libérer vos fiancés.

Manrico s'esquiva. Deborah en profita pour rejoindre l'espace fumeurs où mari et fiancé de Vitale et Orru se tenaient à l'écart l'air contrarié. Manrico attira leur attention et leur fit signe qu'ils pouvaient revenir. Ils ne se le firent pas dire deux fois. Il se retourna et se retrouva nez à nez avec Cianchetti.

– Retournez-y et finissez la soirée en paix.

– D'après moi, je ne suis pas la bienvenue.

– Ne dites pas de bêtises. C'est un ordre. Et la prochaine fois que vous venez au Colibrì, laissez votre pistolet à la maison. J'ai l'impression que le look "Fille du Far West" détonne un peu avec l'endroit.

Deborah tint un quart d'heure avec ses collègues, puis s'en alla tristement. Ce n'était pas la peine d'insister. Pas pour le moment, du moins. Plus tard, par curiosité, elle fit une recherche sur Wikipédia. Sous "Fille du Far West", elle tomba sur un opéra de Puccini. Il faisait vraiment une fixette, le magistrat ! Du peu qu'elle réussissait à comprendre de la trame, il était question d'une certaine Minnie, patronne d'une auberge et amoureuse d'un mineur, ou quelque chose comme ça. Bref, un western. Ah, c'était peut-être pour ça que le *dottore* l'avait évoqué. Des cow-boys avec des ténors, c'est sûr que ça devait faire un drôle d'effet.

Tandis que Cianchetti se tourmentait, un Manrico épuisé se glissait à côté de la chambre de donna Elena en espérant que ses pas fatigués ne tirent pas sa mère de son sommeil léger. Peine perdue.

– Manrico ? C'est toi ?

– Oui, maman, il est tard, dors.

– Manrico, mon fils, viens ici, viens m'embrasser…

Il entra. Il n'y avait rien d'autre à faire. Sa mère était en robe de chambre, à son bureau. Loin d'être dans son lit. Tout à fait réveillée devant l'écran vibrant de son ordinateur.

– Mon garçon, tu ne pourrais pas m'aider ? Je n'arrive pas à débloquer ce site…

Manrico se posta derrière elle et jeta un œil à ce qui s'affichait.

– Maman, tu ne peux pas débloquer ce site pour la simple et bonne raison que tu ne peux pas accéder à ce site.

– Comment ça se fait ? Je n'arrive pas à comprendre…

– Parce que j'ai installé un software qui t'empêche d'accéder aux casinos en ligne…

– Oh, quelle étourdie ! J'avais oublié… Mon chéri, tu ne pourrais pas, pour une fois…

– Bonne nuit, maman chérie.

En montant les escaliers qui menaient à sa chambre, il se demandait une fois de plus pourquoi la moue de déception de la vieille comtesse avait encore le pouvoir de faire saigner son cœur.

27

La presse n'avait pas levé le siège. Au contraire. Cetty Paternò était retournée chez Marinelli et avait annoncé qu'elle participerait au prochain Festival de Sanremo avec un morceau dédié à son "amour perdu". La naissance d'une nouvelle étoile de la chanson avait élargi le cercle des solliciteurs. Manrico fut de nouveau contraint de se réfugier au troisième étage qu'il rejoignit en se faufilant comme un clandestin par le garage souterrain de la Cour d'appel. Sur le bureau du cagibi, Orru avait déjà déposé la première information de la journée : d'après les vérifications faites auprès des compagnies aériennes, il ressortait que Matteo Diotallevi était à Rome le soir du crime. Il était rentré à Londres par le premier vol du lendemain. Mangili ne mentait pas. Le père et le fils s'étaient rencontrés. Il restait à repérer Matteo Diotallevi aux alentours de la voiture du mort à l'heure qui correspondait. Ils auraient ainsi un suspect sérieux. On pouvait essayer de le localiser grâce à son téléphone. Mais Matteo Diotallevi avait une carte anglaise et ça, ça compliquait tout. On peut mettre sur écoute un téléphone étranger lorsqu'il est en Italie, mais pour obtenir les relevés d'une période durant laquelle il n'était pas sur écoute il faut une commission rogatoire internationale. Une histoire de deux semaines au minimum, à condition que les Anglais collaborent. Ce qui, compte tenu de l'affection qu'ils avaient l'habitude de témoigner à leurs partenaires européens, était tout sauf gagné.

– On peut essayer avec le trafic général, suggéra Vitale.

Cela revenait à recueillir les données de tous les portables dans un rayon de trente-cinq kilomètres autour du lieu où était garée la Iso Rivolta de Mèche d'Or. Un travail de titan. Mais qui devait être fait.

– Très bien. Je demanderai à Melchiorre de recourir à des systèmes de persuasion pour obtenir les relevés plus tôt. Mais en attendant…

– On l'arrête, proclama Cianchetti d'un ton agressif.

– Vous êtes sûre ?

La policière ne perçut pas la pointe d'ironie dans le ton de Manrico.

– Certaine !

– Seulement sur un mensonge ?

– Seulement ? répondit-elle avec stupeur. *Dottore*, avec tout le respect que je vous dois, mais qu'est-ce que vous racontez ?

– Heureusement qu'elle a parlé de respect ! commenta Vitale.

– Continuez, je vous en prie, l'encouragea Manrico.

– Il était à Rome et il a rencontré son père. Les périodes concordent… Il a coupé le tuyau au moment où machin, Mangili, ne surveillait pas la voiture et ensuite il a filé.

– Poursuivez, acquiesça Manrico.

– Il a saisi l'occasion au vol, continua Cianchetti à présent déchaînée, il a agi de manière impulsive.

– Donc aucune préméditation, murmura Manrico.

– Ce que je veux dire, essaya de rectifier Cianchetti, c'est qu'il prend la décision mais qu'il attend l'occasion. Il suit son père. Admettons qu'il ait son billet de retour pour le lendemain matin. C'est maintenant ou jamais. Si l'occasion ne se présente pas maintenant, il part et il le fera une autre fois, mais l'occasion se présente et il agit !

– Si on ne le localise pas sur la scène du crime, ce sont seulement des suppositions.

Cianchetti n'avait pas l'intention de s'avouer vaincue.

– Bon, mais en tout cas il y a un danger de fuite. Il vit à Londres, non ?

– Il a dit qu'il attendrait l'enterrement, dit Orru, on pourrait refuser l'autorisation.

– Ouais, c'est ça ! commenta Cianchetti, sarcastique. S'il sent le vent tourner, il prendra le premier vol ni vu ni connu. Après ça, va te le faire restituer par les Anglais, en admettant qu'il ne fuie pas en Amérique du Sud.

– Ouais, c'est ça, l'imita Vitale, on tient Pablo Escobar ! Mais tu as une idée de ce que ça signifie, se mettre "à cheval", Cianchetti ?

– En cavale, plutôt, se sentit obligée de préciser Orru.

– Écoute, moi aussi je me les suis tapés, les deux ans d'antimafia ! répliqua Cianchetti, piquée au vif.

– S'il vous plaît, silence ! ordonna Manrico.

Vitale leva les bras. Cianchetti, murmura des excuses. Elle allait trop loin. Bon sang, que le juge soit droit-de-l'hommiste, passe encore, mais ses collègues… Mais qu'est-ce qu'il fallait faire pour être arrêté, en Italie ? Il suffisait de le coffrer, le Matteo Diotallevi, de le cuisiner un peu, et il avouerait à tous les coups !

Pendant ce temps Manrico réfléchissait. Même s'il était présenté de façon un peu pittoresque, l'argument de la nouvelle ne manquait pas d'attrait. Contrairement à ce que croient la majorité des gens, la détention préventive n'est pas une avance sur la peine mais répond à des exigences diverses. La peine revient seulement à celui qui est condamné de manière définitive. La détention préventive l'est précisément parce qu'elle sert à garantir que l'accusé ne se soustraie pas au procès, ne dissimule pas de preuves, ne commette pas d'autres délits. On peut donc incarcérer le suspect si l'on craint qu'il puisse truquer les cartes, faire du mal à quelqu'un ou s'enfuir. Ce qui était le cas de Matteo Diotallevi, résidant à Londres.

– Pour l'homicide on n'a pas grand-chose. Le juge d'instruction ne nous accorderait jamais cette mesure…

car je rappelle, Cianchetti, comme disent les avocats, que le procureur demande mais que le juge décide. Donc le sujet est clos. Il reste le 371 bis. Fausses déclarations au procureur. Comme il nous a menti, on pourrait s'y agripper et lui retirer son passeport. Mais…

– Mais ?

– Mais si on inculpe quelqu'un en vertu du 371 bis, on doit ensuite attendre la fin de la poursuite principale, et entre-temps on lui a révélé qu'on enquête sur lui, et alors il se ferme comme une huître…

– Parce que jusqu'ici, *dottore*…

– Cianchetti, la ténacité est une qualité que j'apprécie beaucoup. Mais comme on dit à Rome, *a volte bisogna darsi una calmata*, parfois il faut se calmer. Je ne sais pas si je suis clair. De toute façon, j'ai décidé. Pas de mesure, rien du tout. On avance avec les témoins et on voit ce qui se passe.

Sans dire un mot, car un mot de plus aurait été une erreur, et elle s'en rendait parfaitement compte, Cianchetti sortit du cagibi en ruminant sa colère. Orru et Vitale lancèrent un regard éloquent à Manrico. Comme si elles disaient : plus tôt on s'en débarrasse, mieux c'est. Manrico fit mine de ne pas le remarquer. Mais c'était indéniable : Cianchetti était en train de mettre à rude épreuve sa conviction qu'il fallait donner à tout le monde une première, une deuxième et même une troisième chance. Son téléphone sonna. Brunella l'informait que les journalistes avaient levé le siège.

– Comment avez-vous fait pour les convaincre ?

– Je leur ai dit que vous aviez une bronchite et que vous ne viendriez pas au bureau.

– Génial !

Bien. On pouvait rentrer au bercail. En chemin il consulta son portable. Aucun signe de Maria Giulia, la belle passionnée d'opéra. Pourtant il lui avait envoyé deux autres messages d'une élégance discrète, lui semblait-il.

Bah. Au bureau l'attendait l'assistante du professeur Gatteschi, la fille dont il ne réussissait jamais à retenir le nom. Elle portait un tailleur-pantalon beige et un corsage en soie avec un motif floral. Elle avait de remarquables yeux verts. En rougissant, elle lui tendit une enveloppe.

– Le professeur vous envoie ceci.

Manrico acquiesça et lut. Diotallevi, Mèche d'Or, était positif à un mélange de cocaïne et d'héroïne. La concentration élevée laissait entendre une consommation massive et récente.

– Le professeur s'excuse pour le retard, un des appareils de l'institut est cassé.

– Remerciez le professeur de ma part, docteure...

– Je n'y manquerai pas, monsieur le juge, ça a été un plaisir.

Nouveau rougissement. Mais qu'est-ce qui lui avait plu ? Lui ? Quel âge pouvait-elle bien avoir, l'assistante sans nom ? Un peu plus âgée que Cianchetti, mais pas tellement plus. Et alors ? Un terrain de chasse, peut-être ? Mais bon Dieu ! Ça ne lui passerait jamais cette mauvaise habitude de fantasmer sur chaque femme qui lui montrait un peu de sympathie ? Ça ne lui avait pas suffi d'avoir gâché un mariage ? Il devait plutôt se concentrer sur la vraie nouvelle. Mèche d'Or était toxico. Bon, en termes plus corrects, disons consommateur. En tout cas : feu Mèche d'Or, tu m'as compris ! Défenseur de la famille et amateur de jeunettes, moraliste et défoncé.

28

L'association drogue-monde du spectacle était banale. Pas surprenant que Mèche d'Or sniffe de la cocaïne. Et ça n'avait peut-être rien à voir avec l'homicide. Le mort, un homme aisé, disons même riche, se fournissait évidemment chez quelqu'un, et ce quelqu'un, son dealer, avait tout intérêt à maintenir en vie la poule aux œufs d'or. Même dans l'hypothèse où l'ex-chanteur l'ait "planté", c'est-à-dire qu'il se soit approprié de la drogue sans la payer, entraînant ainsi des représailles de la part du dealer, un accident simulé aurait été le dernier moyen auquel l'arnaqué aurait eu recours. Les dealers ne scient pas les freins. Les dealers tirent dans la tête ou cassent des jambes, et s'ils n'ont pas l'estomac pour agir en personne, ils font appel à quelque homme de main fiable. Cette ligne interprétative, exposée par Manrico lors d'une brève réunion dans son bureau, rencontra l'approbation de toute l'équipe, y compris Cianchetti. Identifier le dealer pouvait cependant apporter des éléments utiles à l'enquête et on devait donc creuser dans cette direction. Les policières furent autorisées à s'adresser aux informateurs, et Vitale, qui avait par le passé travaillé dans ce service, fut chargée de se mettre en relation avec les stups, qu'il fallait naturellement tenir au courant des événements.

– Pour les VIP, la livraison à domicile fonctionne depuis un moment, expliqua Vitale.

– C'est vrai, abonda Orru.

– Les dealers d'un certain niveau ont leur petit cercle, quelques clients triés sur le volet, toujours les mêmes, aucun contact direct, personne ne descend jamais dans la rue, et pour communiquer ils utilisent des messageries cryptées.

– Mais les numéros sont quand même enregistrés, objecta Manrico.

– Il suffit d'utiliser des cartes prépayées et on contourne l'obstacle. C'est ce que font les professionnels.

– Que disent les relevés de Mèche d'Or à cet égard ?

– Il y a deux ou trois contacts de ce genre, intervint vivement Orru, des contacts qui ensuite ne génèrent aucun trafic.

– Ce Mangili, peut-être qu'il s'en servait comme intermédiaire, suggéra Vitale.

– D'accord, on va l'entendre à nouveau, approuva Manrico, c'est l'homme de confiance de Mèche d'Or. Peut-être qu'il sait quelque chose ou qu'il s'est rendu compte de quelque chose. On le convoque pour demain. Autre chose ?

– Pinocchietto, dit Cianchetti, sûre d'elle.

– Pardon ?

– Felici Tudor, alias Pinocchietto. Le dealer que j'ai croisé aux studios d'enregistrement. C'est sûrement pas un hasard. Il travaille là, Mèche d'Or s'y rend quelques heures avant d'être tué. Mèche d'Or est camé jusqu'aux yeux, Pinocchietto vend de la drogue. Ça me paraît clair, *dottore*, non ?

– Mais il n'avait pas changé de vie ?

– C'est ça, tu parles ! Il y a des gens qui ne changent pas, *dottore*. Il n'y a que les belles âmes pour croire encore à la rééducation et à toutes ces conneries !

– Cianchetti, Cianchetti… soupira Manrico. Un jour ou l'autre il faudra que nous ayons une bonne discussion. Quoi qu'il en soit, si j'ai demandé à Gatteschi de faire ces analyses, c'est parce que vous m'avez mis la puce à l'oreille. Alors honneur au mérite, allez jeter un œil.

Après avoir enfourché son scooter, la policière se lança donc jusqu'aux studios de la via Poerio et demanda à voir Felici Tudor, alias Pinocchietto. Le personnel de sécurité lui dit qu'il avait démissionné avant la fin de son contrat. Suspect, très suspect. Il avait laissé une adresse à Pigneto. Deborah s'y rendit. Personne. Une voisine l'informa qu'elle l'avait vu partir le matin même, avec une nouvelle fiancée et de surcroît avec une nouvelle voiture. Deborah la complimenta pour son sens de l'observation.

– Ah, c'est que j'ai tout le temps, ma fille, tout le temps qui me reste avant de finir entre quatre planches.

– Allons, madame, ne dites pas des choses pareilles.

– Mais, dis-moi un peu, pourquoi tu t'intéresses à ce salopard ?

– Contrôle de routine.

– Tu parles ! répondit la vieille, décidément acerbe. Ça je veux bien le croire ! Ce fils de pute fait son pleure-misère, il a jamais un sou en poche et d'un coup il se retrouve avec une voiture neuve, bien sapé… et dire qu'il me doit trois mois de loyer !

En fuite et soudain à l'aise financièrement. Suspect, très, très suspect.

– Madame, si par hasard il rentrait, appelez-moi à ce numéro.

– Tu peux compter sur moi, ma fille !

29

À dix-neuf heures précises, Manrico s'assit à sa table habituelle de son bar à vins habituel, accueilli avec empressement par Piero, le maître d'hôtel. Pour l'occasion il avait opté pour un costume sombre et une chemise blanche sans cravate. Formel sans être guindé. Maria Giulia Loda avait enfin accepté son invitation. L'attente de la rencontre imminente annulait toute tristesse et suscitait en lui une sincère et pétillante euphorie. La vie recommençait à sourire. Et Rome n'était-elle pas cette douce séductrice immortalisée par D'Annunzio qui, plus que quiconque, l'avait côtoyée pour en saisir l'essence ?

Maria Giulia arriva avec vingt minutes de retard et l'attitude insouciante de ceux qui savent appartenir à la race des maîtres. Après la deuxième coupe de champagne, elle avoua qu'elle avait effectivement un quart de sang turc du côté maternel. Manrico, qui avait déjà descendu quatre coupes, la trouvait plus ravissante à chaque instant. Et excitante. Son long cou, ses pommettes hautes, ses seins – on en entrevoyait la forme sous un chandail léger à l'inimitable texture missonienne et une chemise de soie verte – une légère trace de parfum, ses longs cils. Il fut stupéfait lorsqu'il comprit d'après quelques phrases vagues que Maria Giulia allait dépasser cinquante ans. Mais d'où lui venait toute cette fraîcheur ? La conversation tourna rapidement autour de l'opéra. Sa grand-mère avait été danseuse classique. D'où cette passion pour la scène transmise à toute la famille. Elle aussi aurait été danseuse, si on ne l'avait pas obligée à faire des études. Études dans lesquelles, malheureusement, ajouta-t-elle avec une pointe de coquetterie, elle excellait.

– Et toi ? Tu as commencé comment ?

– Grâce à ma mère.

– Bien sûr. La comtesse Spinori della Rocca, mère de Manrico Spinori della Rocca et tout ce qui s'ensuit…

– On fait le même métier ? Je te rappelle que c'est moi, l'enquêteur.

– Mais non, c'est simplement que je sais un peu me servir d'Internet… Mais bref, je comprends. Le lignage, la tradition familiale…

– À vrai dire, au début l'opéra m'était vraiment antipathique.

– Laisse-moi deviner. Tout à coup tu as eu la révélation. C'est arrivé où ? À la Scala, j'imagine…

– Non. À la Salamandre.

– Jamais entendu parler. Nom étrange, pour un théâtre.

– Ce n'est pas un théâtre. C'était une villa. Je veux dire, c'est toujours une villa. Mais elle n'appartient plus à ma famille.

– Des soucis d'héritage ?

– Des soucis de jeu… mais c'est une longue histoire. Bref. J'avais six ans, non, sept. Ma mère avait une loge au Costanzi. Mon père l'y accompagnait rarement, il était très occupé. Je crois qu'au fond de lui il détestait l'opéra. Pas tellement l'opéra en lui-même, plutôt le milieu, les à-côtés, disons. Moi, j'étudiais déjà le piano.

– Tu en joues ?

– Médiocrement. Bref, la Salamandre est une vieille villa sur la route des Lacs, avec un beau parc, nous y allions l'été. Un jour, ce jour-là, celui qui a été si important pour moi, ma mère a organisé un récital. Il y avait quelques-uns de ses amis, des écrivains, des peintres, elle aimait les gens de la culture, et cette femme magnifique qui chantait accompagnée au piano par un très jeune homme, tout juste sorti de l'enfance… Je ne sais par quel enchantement quelque chose s'est dénoué en moi lorsqu'elle s'est mise à chanter *Casta Diva*… Elle…

– Ne me dis pas que…

– Si, elle. À cette époque il lui arrivait de se produire pour un cercle restreint de passionnés. C'étaient des occasions uniques, et cette émotion allait rester unique dans ma vie. *Casta Diva*. Je me suis mis à pleurer. Tout à coup je me suis mis à pleurer. Ça m'arrive encore. Il y a des moments où l'émotion s'empare de moi, je suis comme capturé, le temps s'arrête et tous les boucliers de protection cèdent, se rendent… Pardonne-moi, parfois la rhétorique me prend par la main.

– Non, l'interrompit-elle avec une lueur d'amusement dans les yeux, ça fait un peu "j'ai vécu d'art", mais je te remercie de m'en avoir fait part.

Eh bien, sans s'en rendre compte il lui avait raconté un secret qu'il n'avait partagé jusqu'ici qu'avec Adelaide. Son ex-femme, cependant, lorsqu'il lui avait parlé de la Salamandre, avait eu une réplique beaucoup plus acide. Elle l'avait envoyé au tapis. Et à partir de ce moment il avait compris certaines choses fondamentales. Qu'avec un certain genre de femme on ne devait jamais s'abandonner complètement, qu'il fallait maintenir un seuil de vigilance. Qu'Adelaide était ce genre de femme. Que ce genre de femme le rendait fou. Que ce qu'il désirait profondément était, justement, de faire s'effriter cette vigilance et de se confier à elle. La "elle" idéale, qui n'existe pas et n'existera jamais, et la "elle" de service, en chair et en os. Adelaide l'avait été. Pendant de nombreuses années. Mais de qui parlait-il, à présent ? De quelle "elle" ? D'Adelaide ou de la belle inconnue qui maintenant se mordait les lèvres et passait deux doigts sur le dos de sa main ?

Il interpréta le sourire flottant de Maria Giulia comme un encouragement à poursuivre. Il lui raconta que grâce à cette soirée magique il avait appris le sens même des passions. Il s'était méfié du sombre Giovanni Procida dans *Les Vêpres siciliennes*. Il était prêt à fermer les yeux sur Don Giovanni parce que le libertin était décidément préférable aux bigots qui l'entouraient. Il avait détesté Germont père pour la répugnante hypocrisie avec laquelle il brisait la vie de Violetta pour ensuite louer son "sacrifice".

– Ah, comme tu as raison, le conforta-t-elle, moi, ce putassier de Pinkerton, je l'étranglerais de mes mains.

– Sans parler de Rodolfo : Mimi est si chère à son cœur, mais elle est malade…

– Alors on s'en débarrasse, n'est-ce pas ? En revanche Cavaradossi fait mouche quand il dit que Tosca est si bonne mais obéissante.

– Donc bigote.

– Et d'ailleurs elle le perd.

– Par jalousie.

Ils continuèrent un moment sur ce ton. Manrico eut envie de lui exposer son credo. Lui parler des affaires qu'il avait résolues en piochant dans les classiques du mélodrame. Il était sûr qu'elle aurait été d'accord, qu'elle ne l'aurait pas pris pour un fou. Peut-être. Et peut-être qu'un tel élan était prématuré. Elle le prit à contre-pied.

– Au fond, Manrico, il y a un certain lien entre ton travail et le mélodrame.

– Qu'est-ce que tu veux dire ?

– Le crime est souvent le règne des passions, non ? Il met à nu nos pulsions profondes. Une sorte de mélodrame amplifié et, malheureusement, réaliste… Et puis tu dois même tomber sur des crimes qui te rappellent, je ne sais pas, Verdi, Wagner ou Rossini.

Manrico resta sans voix. Un puissant et dangereux parfum d'âme sœur était en train de se répandre partout. Piero apparut et remplit les coupes pour la énième fois. Ils firent s'entrechoquer les flûtes. Manrico essaya de changer de conversation.

– On peut en dire autant des algorithmes que tu fréquentes, Maria Giulia ?

– En ce moment la communauté scientifique est traversée par un débat acharné qui investit le concept d'intelligence artificielle.

– Raconte-moi.

– La prochaine fois. Maintenant j'ai envie de rentrer et de boire une goutte de whisky.

– Je te raccompagne.

– J'ai envie de rentrer et de boire une goutte de whisky avec toi.

Ils se regardèrent dans les yeux et il n'y avait vraiment rien à ajouter.

Aucun des deux ne se sentait en état de conduire : trop éméchés, voire complètement saouls. Ils commencèrent à s'embrasser dans le taxi. Ils finirent le tout dans son appartement, un quatre-pièces aux vestiges d'une solide tradition, via Lorenzo il Magnifico, entre la place Bologna et la gare de Tiburtina. Elle lui dit qu'il pouvait rester pour la nuit.

Le département est en grève, demain je ne travaille pas.

Deux pensées contradictoires et belliqueuses réveillèrent Manrico dans un lit qui n'était pas le sien, à quatre heures de cette nuit extravagante. La première concernait le rapport entre désir et bonheur. Il avait désiré la femme brune aux cheveux courts qui dormait à côté de lui, et il l'avait eue. Et il en était heureux. Sexe. Plaisir. Désir. Une part incontournable de la relation entre un homme et une femme. Il avait encore envie d'elle. Là-dessus il n'y avait aucun doute. Mais voilà que la deuxième pensée entrait en conflit. Une impression de distanciation, et même d'étrangeté. Rester dans ces draps lui sembla soudain excessif. Une sorte d'engagement qu'il n'avait pas l'intention d'assumer. Pas pour le moment. Il sortit du lit en douce, se rhabilla en veillant à faire le moins de bruit possible et s'éloigna, furtif, dans l'obscurité.

Il aurait été surpris s'il s'était rendu compte que Maria Giulia avait assisté à l'entière pantomime, attentive, mais immobile, retenant son souffle, mi-ironique mi-déçue. Il lui avait plu dès que leurs regards s'étaient croisés à l'opéra, pendant l'entracte d'*Idoménée*. Ensuite elle avait deviné chez lui des abysses dans lesquels il se serait jeté presque par défi contre lui-même, et en même temps de la prudence, et peut-être même du calcul, comme quelqu'un qui veille quand même à sauver sa peau. Mais elle conceptualisait sans doute trop. Il lui avait plu, voilà tout. Ni l'un ni l'autre n'avaient l'âge de la drague et de la pudeur, voilà pourquoi elle l'avait emmené dans son lit dès le premier rendez-vous. Les préliminaires font plaisir quand on est déjà nus, le ballet des convenances c'est bon pour les puritains. Comme amant il s'était montré généreux, attentif, audacieux. En creusant on pourrait, peut-être, faire jaillir d'autres désirs qui, sans doute par prudence, restaient pour le moment cachés. Du reste elle non plus ne s'était pas totalement dévoilée. Elle explorerait. Si toutefois une histoire commençait. Trop tôt pour le dire. Trop tôt pour dire si elle était tombée sur un compagnon avec qui faire un bout de chemin ou sur l'énième fantassin d'un coup d'un soir, l'homme contemporain évanescent dans lequel se reconnaissait le genre masculin tout entier. L'idéal serait l'amour qui arrache les cheveux, le lancer de perles au vent, les chairs déchirées dans l'extase. Un destin réservé à peu de monde et envié par tous. Un destin qui suppose aussi des sacrifices, qui suppose de céder une partie de soi. Mais était-elle prête à se remettre en jeu ? Y étaient-ils prêts tous les deux ? En attendant, il aurait dû éviter de s'éclipser dans la nuit comme un voleur. Une faute de goût évidente. Il restait même un reliquat de désir à honorer. Et au lieu de cela, il s'en va. Un point en moins pour le Trouvère. Et en chantonnant *Mi chiamano Mimí* elle attendit le sommeil.

30

La presse libre n'était plus représentée que par un collaborateur de l'Ansa qui campait devant le bureau de Manrico, étant entendu qu'il informerait les autres collègues s'il y avait éventuellement du nouveau. Le procureur s'approcha de l'homme, qu'il voyait traîner depuis des années dans les bureaux judiciaires et qui avait toujours rapporté les informations de manière correcte, et lui demanda la raison de cette démobilisation.

– Ah, c'est à cause de l'histoire de la nuit dernière.

– Quelle histoire ?

– Mais tout le monde en parle sur les réseaux ! Vous ne vous tenez pas au courant ?

– Je suis fort heureusement étranger à ce monde. Allez, racontez-moi : qu'est-ce qui s'est passé ?

– Il y en a une qui a tué son mari.

– Ah.

– L'épouse. Elle dit qu'il était violent.

– Ce ne serait pas le seul.

L'homme baissa la voix.

– Elle dit qu'elle l'a endormi avec un somnifère, ensuite elle y a foutu le feu, un peu comme les sorcières, vous voyez ce que je veux dire ? Et après, le rôti, ils l'ont jeté dans une poubelle, elle et son fils, il lui a donné un coup de main…

– Macabre. Je comprends l'intérêt.

– En tout cas, *consiglie'*, s'il n'y a rien de neuf, j'irais bien suivre cette nouvelle affaire.

– Allez-y, allez-y donc.

L'affaire du jour était donc déjà devenue l'affaire d'hier. Manrico remercia le journaliste et salua Brunella qui, pour changer, se mouchait le nez et avait les yeux rouges.

Mangili l'attendait, assis bien droit au bord du siège des convoqués. À l'arrivée du magistrat, il bondit sur ses pieds comme un écolier quand le directeur fait irruption dans la classe. Il portait une chemise à rayures et une affreuse cravate à pois, une tenue qui accentuait son air humble et triste. Manrico, le cœur encore battant après l'anarchique débauche nocturne, éprouva une pointe de remords. Ah, l'injustice du devenir ! Tant de bonheur vital chez un homme et tant de misérable résignation chez un autre. Ils se serrèrent la main.

– Vous avez trouvé du travail, monsieur Mangili ?

– Je cherche, *dottore*.

– Asseyez-vous, je vous en prie.

– Merci.

Manrico aborda prudemment le sujet "drogue" par une question d'ordre général.

– J'ai lu sur Internet que ce pauvre Diotallevi faisait campagne contre l'usage des stupéfiants.

– Oui, il était en première ligne, confirma Mangili, et il participait avec une certaine générosité. C'était une des raisons pour lesquelles nous étions devenus… nous étions liés.

– La haine de la drogue.

– Quand on est passé par là, *dottore*.

– Il était passé par là ?

– Lui et moi, tous les deux.

– Je ne vous vois pas dans la peau d'un toxico, Mangili.

– Pas moi. Ma fille.

Et voilà que le sujet de la fille revenait sur le tapis. La fille perdue. Quand elle surgissait, Mangili s'assombrissait. Et une pointe d'âpreté, qui détonnait avec l'idée que l'on pouvait se faire de lui à première vue, semblait affleurer. Il y avait donc une couche plus dure sous la surface. Et la première impression se confirmait : parmi tous ceux qui avaient fréquenté le mort, Mangili s'était révélé, jusqu'à présent, comme le seul être humain.

– Ça a été une histoire comme tant d'autres, reprit le petit homme, Barbara a commencé à se droguer.

– Héroïne ?

– Un peu de tout. Le *dottore* m'avait aidé à lui trouver une place dans une communauté, La Lumière dans la Nuit. Il était ami avec le fondateur. Pendant un moment ça a eu l'air de marcher, et puis…

– Et puis ?

– Rien. Barbara n'y est pas arrivée.

– Je comprends.

– Elle était sortie de la communauté, un soir. Pour chercher de la came, j'imagine. Un chauffard l'a renversée.

– Un grand malheur.

– Si elle ne s'était pas droguée, ça ne serait pas arrivé.

À présent Mangili avait les larmes aux yeux. Ce souvenir devait être insupportable. C'était un de ces moments où le métier d'enquêteur se révélait ingrat, et peut-être même cruel.

– Pardonnez-moi pour ce que je vais vous dire, mais… nous avons découvert que quand Diotallevi est mort, il était bourré de cocaïne.

Mangili ne blêmit pas, ne cria pas, ne bondit pas sur sa chaise. Sa réaction fut des plus retenues. Un léger froncement de sourcils, le lent hochement de tête de celui qui est au courant. Ce fut Manrico qui manifesta une certaine surprise.

– Vous le saviez !

– Non, mais… Écoutez, *dottor* Spinori, je vous l'ai dit. Il était passé par là. Pourquoi croyez-vous qu'il soit devenu aussi dur même avec ceux qui ne fumaient que des joints ? Parce qu'il a failli bousiller sa vie, avec la came. Avant qu'on se rencontre il avait passé cinq mois en clinique pour se désintoxiquer, et moi je pense qu'il a fait une rechute.

– Ce n'était peut-être pas la première.

– Je ne sais pas. Mais en y réfléchissant… parfois il disparaissait pendant quelques jours et il ne me voulait pas dans ses pattes… j'ai toujours cru que c'était pour une de ses petites aventures, mais peut-être que… ces sautes d'humeur, cette façon de devenir méchant, bêtement méchant… peut-être que ça venait de… c'est possible. En tout cas, j'aurais été la dernière personne à qui il aurait confié ce genre de chose. Il savait très bien ce que j'en pensais.

Cianchetti entra sans frapper. Excitée, elle agitait des feuilles.

– Faut absolument que vous lisiez ça, *dottore* !

– Cianchetti…

La policière se rendit compte que Mangili était là et leva les mains.

– Désolée. Je reviens plus tard.

– Ce sera mieux.

L'inspectrice sortit en fermant délicatement la porte derrière elle. Mangili toussota. Il était pâle, à présent. La conversation l'avait mis mal à l'aise.

– Si vous n'avez plus besoin de moi…

– Tout à l'heure, avant que nous soyons interrompus, vous me disiez : Diotallevi ne m'aurait jamais avoué qu'il avait rechuté. Il savait ce que j'en pensais. Donc, Mangili, qu'est-ce que vous en pensez ?

– Je pense que les dealers méritent la peine de mort.

31

CETTY Mon cœur… c'est moi.

GRAZIANO Cetty ! Mais t'appelles d'où ?

CETTY C'est un nouveau téléphone, il est sûr, l'avocat m'a dit que c'est mieux si je me sers pas du mien pendant un moment… c'est celui d'une amie…

GRAZIANO Bon, qu'est-ce que tu veux ?

CETTY Mon cœur, tu me dis même pas bonjour ?

GRAZIANO T'as vu l'heure qu'il est ? Moi je travaille demain, je suis pas artiste comme toi…

CETTY Mon cœur, j'avais envie de t'entendre !

GRAZIANO Bah tu m'as entendu, maintenant bonne nuit.

CETTY Mon cœur, t'es fâché contre moi…

GRAZIANO Pas qu'un peu !

CETTY Et t'as raison, mais moi tout ce que j'ai fait…

GRAZIANO Ah, oui, et qu'est-ce que t'as fait ? Des pipes à ce vieux dégueulasse ?

CETTY Parle pas comme ça !

GRAZIANO Ah, excusez-moi, madame la baronne… comment on dit déjà ? Quand vous le preniez dans votre bouche, madame la baronne ?

CETTY Mais tu comprends pas ! Moi je l'ai fait pour nous, pour notre avenir !

GRAZIANO Bah tu pouvais te l'éviter, moi je t'ai rien demandé.

CETTY Mon cœur, viens, on oublie ça ! On reprend ! T'as vu que je suis passée à la télé ?

GRAZIANO T'as dit que tu devais te marier avec ce vieux ! Bien sûr que je t'ai vue !

CETTY Mais c'est lui qui disait ça ! Et moi je pensais : on se marie, après on divorce et je retourne avec mon Graziano.

GRAZIANO C'est ça, tu parles qu'il allait t'épouser. Toi !

CETTY Mon cœur, mais il a tenu parole. Il m'a présentée aux bonnes personnes. Ils vont me faire un contrat et même ils me l'ont déjà fait, je vais à Sanremo, oh, tu comprends, à Sanremo !

GRAZIANO Au moins il a fait un truc bien avant de clamser, ce salaud.

CETTY Parle pas comme ça, le pauvre, quelle fin horrible !

GRAZIANO Il a eu la fin qu'il méritait !

CETTY Va savoir qui a bien pu lui couper les freins !

GRAZIANO Quelqu'un de bien, tu peux me croire…

CETTY Mon cœur, c'est pas toi qui…

GRAZIANO Qui quoi ?

CETTY T'as pas fait de connerie ?

GRAZIANO Moi ? Et alors ? Comme tu dis : je l'ai fait pour toi, mon amour, pour nous deux…

CETTY Mais qu'est-ce que tu racontes ?

GRAZIANO Je raconte ce que je raconte. C'est peut-être toi qui l'as sur la conscience, ce mort, mon cœur…

CETTY Quoi ? Grà ? Graziano ? Me laisse pas comme ça… Oh, Grazià ? Il a raccroché ce con…

Manrico posa les feuilles et regarda les trois policières alignées devant lui.

– Cette écoute est sérieuse et doit sérieusement être prise en considération. En attendant, bravo à l'inspecteur Cianchetti qui a eu l'idée de placer l'ex de Cetty Paternò sous surveillance. Comme vous l'avez compris, la fille, sur les conseils de son avocat, se sert d'un autre téléphone. Celui d'une amie. Et maintenant nous écoutons aussi celui-ci. Mais sans l'intuition de Cianchetti, nous serions passés à côté de cet appel.

L'hypothèse était donc que Graziano De Angelis, fou de jalousie, ait scié les freins de la Fidia, provoquant ainsi l'accident mortel. Il était mécanicien, pour lui c'était une opération élémentaire. L'écoute constituait un indice valable. On pouvait entendre le jeune homme comme témoin, le coincer en contre-interrogatoire pour ensuite enquêter sur lui, lui notifier la conversation téléphonique, peut-être même l'arrêter. Naturellement, Manrico opta pour une autre solution.

– Donnons-nous vingt-quatre heures. On vérifie ses relevés, on géolocalise ses appels des jours qui ont précédé le crime et du jour du crime grâce aux bornes, on voit si on réussit à le localiser aux alentours de la Iso Rivolta de Brans. Et on sonde discrètement son employeur et ses collègues d'atelier, on essaie de reconstituer les déplacements de ce De Angelis. Vingt-quatre heures, ça me paraît un délai raisonnable. Vitale, vous vous en chargez. Pas vous, Cianchetti, car le garçon vous connaît, et s'il vous voyait dans les parages il se méfierait.

– Ça me semble juste, *dottore*.

32

Alex le regarda d'un air perplexe.

– Qu'est-ce qu'il y a, papa ? Tu as l'air bizarre.

Cette pointe d'euphorie liée au commencement d'une nouvelle passion n'avait donc pas échappé à son fils. Soit il était absolument incapable de masquer ses émotions, soit le gamin avait hérité du sens de l'observation de sa mère.

– Rien. Je pensais à quelque chose. Tout va bien ?

Alex le rassura d'un murmure imperceptible. Son fils n'avait jamais été très expansif. Encore moins en famille. Parfois, on aurait dit qu'un voile, impalpable mais tenace, le séparait des personnes et des choses. D'autres fois, il avait une gaieté empruntée, comme s'il avait décidé de la revêtir comme un masque. Mais il avait vingt ans, bon sang, et qui n'a pas expérimenté cette alternance d'exaltation et de mélancolie, à vingt ans ! Au moins, à en juger par la voracité avec laquelle il s'était jeté sur le menu sashimi de Kon-Choro, le petit resto japonais à deux pas du cimetière monumental du Verano, il ne risquait pas de basculer dans les abysses de l'anorexie. Un type entra avec un chien. Un serveur l'accompagna jusqu'à la table à côté de la leur. Le type demanda si le chien les dérangeait. Tandis que Manrico rassurait le maître, Alex tendit à la bestiole le dos de sa main, le laissa l'identifier, et se mit à lui faire des papouilles. Il avait une vraie passion pour les chiens. Il avait pratiquement grandi avec Leon, le King Charles Blenheim que sa grand-mère Elena lui avait offert – si l'on peut dire – pour ses six ans.

“Votre fils veut un chien et il l’aura. Mais c’est moi qui choisirai la race”, avait décrété la comtesse.

Manrico et Adelaide auraient préféré un chien abandonné, le classique condamné à mort enfermé dans un de ces pénitenciers puants pour animaux à quatre pattes, et c’était précisément pour cela que la noble femme les avait pris de vitesse, s’appropriant l’enveloppe qui contenait l’argent destiné au petit pour qu’il se sente, grâce à l’acquisition, plus responsable de “son” chien. Rien à faire. Grand-mère Elena était sortie avec les sous et était rentrée avec une touffe tremblante de poils blancs et marron. Adorable et merveilleux, mais surtout de haute lignée. Le chien le plus représenté dans la peinture de la Renaissance. Connu dans l’histoire pour avoir sauvé des flammes, par ses aboiements furieux, le roi Charles d’Angleterre. Grand-mère Elena : un pur esprit de contradiction. Après une dernière caresse à l’animal, Alex se plongea dans son iPhone.

– Ce n’est pas très poli, lui fit remarquer Manrico.

– Excuse-moi. Une urgence.

Son père jeta un œil. Il aperçut un défilé d’émojis, principalement des cœurs. Alex tapota quelque chose, haussa les épaules, mordit dans une tranche de thon. Les amours. Les hormones. La vitalité. La merveille d’exister. Quel cadeau inestimable, pensa-t-il, de pouvoir passer du temps avec un garçon de cet âge. C’était comme boire à la source de la jeunesse. C’était comme se laver de la moisissure de ce temps qui vous a tout donné et auquel on n’a plus rien à demander. Mais quel ennui ! Peut-on imaginer une chose plus déprimante qu’un père avec des sentiments élégiaques ?

Plus tard, la conversation se détendit. Alex lui passa l’iPhone et les écouteurs, et Manrico put écouter sa dernière création, un morceau qui parlait d’espoir et de déception. Manrico se souvint avec tendresse d’un épisode advenu quelques années plus tôt. Alex l’avait convoqué dans sa chambre (celle qu'il occupait les week-end où son père avait sa garde) pour lui faire écouter sa dernière découverte musicale : Frank Zappa.

"Quand je pense que je l'ai vu deux fois en concert !"

"Ah, tu connais ?"

Le jeune homme avait été déçu. Il n'était pas le premier à découvrir Zappa. Il s'était imaginé surprendre son père et il s'était trompé. Mais Manrico était trop centré sur lui-même pour remarquer la déception de son fils.

"Je te jure, deux fois. J'avais ton âge."

"Ah. D'accord. Je croyais que t'aimais que l'opéra."

Après avoir prononcé ces mots d'une voix neutre, Alex avait plongé la tête dans son ordinateur. Comme s'il lui donnait congé. Et ainsi la déception était passée du côté de Manrico. Bien fait pour lui. Au lieu de se laisser impressionner par son fils, il avait voulu surenchérir, l'impressionner à son tour. Maudit narcissisme. Quelques jours plus tard, Alex l'avait affronté durement et lui avait hurlé dessus : ta triste vie de merde, je n'en veux pas.

Le morceau se termina. Manrico rendit l'appareil à son fils.

– Alors ? Qu'est-ce que t'en penses ? demanda Alex.

– C'est très beau.

Il aurait aimé ajouter quelque chose, une phrase d'encouragement pour sa carrière d'aspirant musicien, mais chaque fois, dans de telles situations, une étrange pudeur le paralysait. À ce moment-là il découvrit qu'il avait un message vocal de Maria Giulia. Il s'éloigna pour l'écouter et cette fois ce fut lui qui s'excusa auprès de son fils.

"Mon cher Trouvère, je te suis reconnaissante de ne pas m'avoir demandée en mariage dès le premier rendez-vous. C'est devenu une manie, chez vous les hommes. On en vient à regretter le temps où vous veniez nous voir juste pour une bonne baise. Je pars pour quelques jours. Un de ces soirs c'est moi qui viendrai te voir."

Manrico répondit par les vers de l'opéra qui avait pour titre le surnom qu'elle lui avait donné : "*Que les vagues de sons mystiques | descendent, pures, en nos cœurs ! | Viens, l'autel nous ouvre | les joies d'un chaste amour !*" et revint auprès de son fils avec un sourire un peu idiot. Alex le regarda d'un air de commisération. Un nouvel SMS de Maria Giulia arriva : "Chaste amour ? Mouais..." Le chien de la table d'à côté fit partir un jappement joyeux : comme s'il avait flairé quelque élixir merveilleux.

33

Comme toujours, Orru et Vitale avait fait un excellent travail qu'elles présentèrent à tour de rôle.

– Grâce aux relevés, commença Orru, nous avons réussi à localiser Graziano De Angelis à proximité de Villa Sciarra, où était garée la Fidia de Diotallevi, entre 18 h 50 et 19 h 20.

– Pendant ce laps de temps, il passe quatre appels, trois à l'atelier et un vers un numéro fixe, précisa Vitale.

– Qui correspond à la maison de sa mère, à Fidene.

– Les bornes activées indiquent un parcours précis : départ de la Garbatella, donc de l'atelier, passage et arrêt dans la zone de Sciarra, retour à l'atelier.

– Les appels intéressants ont lieu à 18 h 53 et à 19 h 02 et se raccrochent à la borne 276 de la TIM.

– Qui n'est pas vraiment contiguë à Villa Sciarra.

– Mais elle n'est pas loin, et si on tient compte du saut de borne, c'est-à-dire de la possibilité que lorsqu'on passe un appel la borne la plus proche soit surchargée et qu'il se raccroche à une autre, limitrophe mais plus éloignée…

– Alors on peut situer De Angelis près de l'Iso Rivolta pendant environ vingt-cinq minutes, peut-être trente, entre 18 h 50 et 19 h 15.

– Peut-être même 19 h 20, en comptant large.

Manrico écoutait avec une extrême attention. Il y avait donc compatibilité de lieu et de temps.

– On sait comment il est arrivé à Villa Sciarra ? En voiture ? En bus ? À moto ?

– On sait qu'il a pris la voiture d'un client pour faire un tour d'essai, répondit Orru.

– Une Toyota Prius, ajouta Vitale.

– On a parlé avec le patron du garage.

– Discrètement.

– C'est une vieille connaissance.

– Il tiendra sa langue.

– Un tour d'essai, hein ? se fit confirmer Manrico.

Les deux policières acquiescèrent. Un tour d'essai !

– Il l'a peut-être vraiment fait, se hasarda Orru.

– Peut-être, confirma Manrico, peut-être. Les écoutes ?

Cianchetti tendit une transcription à Manrico.

– Faites-moi un résumé, merci.

– Rien de particulier sur le téléphone de Graziano De Angelis. En revanche Cetty appelle une amie, toujours avec la carte qu'on a découverte hier. Elle dit qu'elle est désespérée, qu'elle a parlé avec Graziano et qu'elle a peur qu'il ait, je cite, "fait du mal au vieux, par jalousie".

Il se trompait ou Cianchetti avait souligné avec une certaine hargne le mot "vieux" ? Il se trompait ou il devenait paranoïaque ?

– Et l'amie ?

– L'amie dit que s'agissant de, je cite, "ce dingue de Graziano, c'est possible que ce soit lui, ma chérie". Cetty répond qu'elle n'y croit pas. Ensuite, comme si de rien n'était, elles se mettent à parler du morceau que Cetty proposera à Sanremo. Un parolier a proposé un changement de titre : ils veulent appeler la chanson *Sans freins*.

– Sans vergogne, commenta Manrico.

Les trois policières attendaient sa décision. Le problème était à la fois simple et complexe. Notifier ou pas à Graziano De Angelis les écoutes et la géolocalisation ? Les premières faisaient penser au plus classique des motifs, la jalousie ; la seconde fournissait des indices sur la possible planification du délit. Naturellement, la notification supposait la mise en examen. Et à partir de là, corollaire : enquêter sur lui en tant qu'homme libre ou demander au juge d'instruction la détention provisoire et envoyer le jeune homme dans la vieille prison de Regina Coeli et ses trois marches tristement célèbres, "que seuls les vrais Romains peuvent gravir", comme le voulait la tradition ?

Ces réflexions, Manrico pouvait tranquillement en faire part à son équipe investigatrice. Les autres, il devait les garder pour lui. S'il s'agissait d'un crime passionnel, sa théorie sur l'ombre du passé pouvait aller se faire voir ailleurs. La jalousie pour Cetty concernait un fait vivant, actuel, présent. Elle évoquait les scénarios de *Cavalleria Rusticana* ou de *Tabarro*, des opéras qui collaient tous les deux au contexte somme toute prolétarien de l'affaire. Le problème était que Manrico n'arrivait pas à imaginer ce scénario. Il lui semblait... Il n'arrivait pas à trouver l'adjectif exact. Il ne lui semblait pas assez... trop léger par rapport à la façon dont le crime avait été organisé. Il ne s'agissait pas de coups de couteau, de plomb, de mains qui serrent la gorge. Non. Ça sonnait faux. L'appel de Melchiorre le détourna de ses élucubrations.

– Procureur ! Que me vaut le plaisir ?

Manrico mit le haut-parleur.

– Manrico, ça fait une semaine que tu es sur Mèche d'Or et tu n'as encore tiré aucune conclusion.

– Ce n'est pas une affaire facile.

– Je n'ai jamais prétendu le contraire. Mais veille à ne pas la transformer en affaire irrésolue. Au revoir.

Les policières attendaient des indications.

– Vous voulez savoir si on l'arrête ? Non. Il est possible que Graziano se soit vanté d'avoir tué Mèche d'Or pour faire le beau auprès de Cetty.

– Mais il est bien allé à Villa Sciarra, objecta Vitale.

– Il a peut-être eu envie de le tuer, il y a pensé, il a été à deux doigts de le faire, mais au dernier moment... Nous n'avons pas de preuve certaine. C'est une théorie.

Et aux Assises les théories s'écroulent souvent. J'essaie de penser comme les avocats, pour nous éviter le ridicule.

Il avait prononcé ces derniers mots en fixant intensément Cianchetti. Elle soutenait son regard et pensait de son côté : tu as dit une chose vraie, c'est comme ça que les avocats raisonnent. Mais moi je te dis que tu t'es trompé de métier, c'est avocat que tu aurais dû faire.

– On continue les écoutes. On colle aussi des micros dans l'atelier du mécanicien. C'est tout.

Avant de s'éloigner, Cianchetti lui tendit une autre transcription.

– La veuve, Alina Bukaci, et un homme que nous essayons d'identifier. C'est lui qui appelle, de Brescia. Ils parlent en albanais. On a quelques problèmes avec l'interprète mais on compte y arriver pour ce soir. Au revoir, *dottore*.

Plutôt que de lui tendre la feuille, elle l'avait balancée sur le bureau.

34

Quand le portable sonna, l'inspecteur en chef Diego Cosenza poussa un juron. Mais qui pouvait avoir l'idée de venir emmerder le monde à une heure du matin ?

– Réponds pas, marmonna-t-il en fourrant sa langue dans l'oreille de Deborah Cianchetti tandis qu'il lui malaxait en même temps un sein de sa main droite qu'il avait réussi à faufiler sous son tee-shirt. Elle fut tentée de l'écouter. Finalement, après une soirée de je t'aime moi non plus, elle avait décidé que la quarantaine de son homme (au fond c'est ce qu'était Diego) avait assez duré. Et puis il avait suffisamment expié, il avait réussi à tenir deux heures sans l'agresser avec sa jalousie maladive, il avait même été à la hauteur d'une conversation qui ne se limitait pas à la salle de sport et à la Roma, et après tout elle avait très envie de faire l'amour avec lui. Ça aussi, ça comptait. Et si le destin voulait que leur histoire devienne sérieuse, bah, il fallait bien commencer quelque part, et les baisers au goût de bière et les *supplì* du take-away de la via Domenico Comparetti à Prati Fiscali étaient un bon début. Mais le téléphone continuait à sonner et, vu l'heure, il pouvait s'agir d'une urgence. Deborah se dégagea donc de la pieuvre et, en remettant son tee-shirt à moitié enlevé, se saisit de l'appareil. C'était le juge Spinori. Elle répondit. Et elle se retint de l'envoyer se faire foutre. Diego, excité et en sueur, passa une main sur son crâne rasé avant d'aller prendre une autre bière dans le frigo. Quand il revint dans le salon, en buvant à la bouteille, elle écoutait, muette et concentrée.

– Je comprends. Non, aucun problème, j'arrive tout de suite.

Deborah souffla et balança le téléphone sur le divan.

– Mais c'était qui ? demanda Diego.

– Le juge.

– À cette heure ?

– Si c'était pas urgent il aurait attendu demain, non ?

– Il serait pas en train de te draguer ?

– Qui ?

– Spineozzi, Spinaci, lui, là.

– Spinori.

– Ouais ! Il serait pas en train de te draguer ?

Deborah partit d'un éclat de rire spontané. Qui ça ? Lui ? Mais il me fait l'effet d'un poisson bouilli, tout compassé, la voix toujours calme, les cheveux gris… mon Dieu, toujours très poli, quand on y pense, ça c'est sûr, comme certains *professori* qu'on voit à la télé, mais la draguer… Non, même si leur relation avait maintenant pris une autre tournure, de ce côté-là le magistrat avait été plus que correct.

– Mais qu'est-ce que tu racontes !

– Non parce que s'il te drague, ce vieux connard…

Et voilà, les veines du cou de l'inspecteur en chef Diego Cosenza se remettaient à gonfler, son visage au nez effilé virait au rouge énervé et l'homme serrait les poings, prêt à affronter l'énième ennemi imaginaire. Quelle misère, pensa Deborah. Mais il n'apprendrait jamais, cet imbécile ?

– Il est gentil, dit-elle pour le provoquer.

– Il te plaît ! Il te plaît, ce putain de vieux !

Deborah lui prit une main, puis l'autre, et les serra fort.

– Il n'y a que toi qui me plais.

S'ensuivit un baiser profond et passionné. Et tandis qu'il se détendait et qu'elle sentait l'excitation revenir, elle le repoussa d'un geste sec.

– Mais t'es vraiment trop con !

35

Un vieux monsieur distingué en gants blancs fit entrer Deborah dans un élégant salon au deuxième étage d'un immeuble de la via Giulia. La policière se posa deux questions. Premièrement : pourquoi le comte, avec tout l'argent qu'il avait, à en juger par le nombre de tableaux, divans, fauteuils, plats en argent, tapisseries et machins accrochés au mur, pourquoi était-il magistrat au lieu de vivre de ses rentes ? Parce que si c'était pour être magistrat en faisant des chichis toutes les cinq minutes, il valait dix mille fois mieux qu'il reste chez lui. Deuxièmement : elle avait accepté de le rejoindre chez lui à une heure du matin parce qu'il lui avait présenté cela comme une urgence, mais pour une fois elle soupçonnait fortement que la jalousie de Diego fût fondée. N'était-il pas vraiment en train de la draguer ? Il était tard mais il était en costume et sur un plateau étaient disposés des petits fours, deux verres et une bouteille dans un seau à glace. Tout l'attirail du dragueur. Si Diego avait vu juste, la honte qu'elle se prendrait…

– Installez-vous et servez-vous donc à boire. Avec tout le dérangement que je vous cause, je me suis dit qu'il fallait faire passer la pilule avec une goutte de sancerre.

– Merci mais je ne bois pas, répondit-elle avec réserve et prudence.

– Comme vous préférez, dit le comte en se versant un demi-verre de blanc avant de lui tendre des feuilles.

– L'interprète albanais a essayé de vous joindre à plusieurs reprises mais votre téléphone était éteint.

Première réaction : soulagement. C'était donc une histoire de boulot, il n'y avait pas de vieil harceleur à remettre à sa place. Seconde réaction : rougeur au front. Son indisponibilité était due à sa soirée avec Diego. Mais bon sang, ils ne s'étaient quand même pas mis d'accord pour qu'elle soit prête et opérationnelle même à minuit, et avec l'interprète non plus ! Ça ne pouvait pas attendre demain ? Elle était déjà sur la défensive mais le procureur devança ses éventuelles objections.

– Je ne vous fais aucun reproche, inspecteur, croyez-moi, je dis seulement cela pour justifier cette convocation à une heure indue. Mais c'était nécessaire. L'interprète est un type malin. Il a tout de suite compris que c'était important. Lisez. C'est la transcription de la conversation téléphonique entre Alina Bukaci…

– La veuve joyeuse, laissa échapper Deborah.

Manrico esquissa un léger applaudissement.

– Vous faites des progrès, bravo. Donc. Transcription de la conversation téléphonique entre Bukaci et un homme répondant au nom de Valon, son compatriote.

ALINA Allô ?

VALON Salut, petite sœur, comme ça va ? Tu me reconnais ?

ALINA Valon…

VALON Eh oui, c'est bien moi, petite sœur.

ALINA C'est maintenant que tu appelles ! Tu avais disparu ! T'étais passé où ?

VALON J'ai eu mes problèmes. Écoute, j'ai appris pour ton malheur.

ALINA Valon…

VALON Et je voulais te présenter mes condoléances.

ALINA Merci, Valon.

VALON Même si ce n'est pas vraiment un malheur, pas vrai, petite sœur ?

ALINA Je ne sais pas de quoi tu parles.

VALON Aïe aïe aïe, petite sœur, ne me dis pas que tu attrapé cette maladie du cerveau, comment ça s'appelle déjà ? L'amnésie ! Je parle de l'accord, ma belle Alina, de notre accord.

ALINA On n'a jamais passé aucun accord.

VALON Comment ça fait, déjà, la chanson ? Tu me donnes ce que tu as de plus beau, je te donne ce que j'ai de plus beau…

ALINA Valon, je n'ai aucune envie de plaisanter, après ce qui vient d'arriver !

VALON Mais mon trésor, ma petite sœur, qui a envie de plaisanter ? Je suis sincèrement désolé de ce qui est arrivé à ton pauvre mari. Tu ne l'es peut-être pas autant que moi, vu que c'est ce que tu as toujours voulu.

ALINA T'es dingue ? Fais attention à ce que tu dis.

VALON Que je fasse attention ? Ah, il faut que je fasse attention ? C'est toi qui dois faire attention, pas moi. Parce que tu sais bien que si je parle tu vas avoir de sérieux problèmes, très sérieux, petite sœur. Tu sais ce que tu as fait.

ALINA Je n'ai absolument rien fait !

VALON Rien, tu dis ? D'après toi, c'est rien ce que tu m'as demandé ? Alors oui, c'est vraiment de l'amnésie. Tu veux que je te rafraîchisse la mémoire ?

ALINA Valon, pas au téléphone, on ne sait jamais.

VALON Tu as raison, petite sœur. On va faire comme ça : on se voit demain matin, tu m'apportes ce que tu sais, je le prends, et ensuite on se dit au revoir et on est frère et sœur comme avant. Plus qu'avant même. Vingt mille fois plus qu'avant !

ALINA Vingt… Valon, comment tu veux que je fasse ? Demain c'est pas possible ! J'ai besoin de temps pour…

VALON Alors tu veux que ton petit frère devienne méchant, Alina ? Tu veux que je te fasse niquer dans la bouche par mes amis macédoniens ? C'est ça que tu veux ?

ALINA Arrête, connard !

VALON C'est toi qui arrêtes, princesse de mes couilles ! Si demain tu ne fais pas ce que tu dois faire, je te balance, c'est clair ? Plaisante pas avec moi, c'est compris ?

ALINA D'accord, demain.

VALON Maintenant tu deviens raisonnable, petite sœur. Il y a une aire de service sur le grand périphérique, ça s'appelle La Pisana. On se voit là-bas à dix heures. C'est compris, petite sœur ?

ALINA Oui.

VALON Bon. Alors à demain.

Deborah avait fini de lire.

– Qu'est-ce que vous en pensez ? demanda Manrico.

– Du chantage.

– En bonne et due forme. Il lui demande vingt mille euros.

– Ça a un rapport avec l'homicide, non ?

– Et qu'est-ce que ça pourrait être, sinon ? Nous ne le savons pas et c'est ce que nous devons découvrir.

– Ils se voient à dix heures. On n'a pas beaucoup de temps pour s'organiser.

– C'est pour cela que je vous ai appelée, Cianchetti. Je vous confie l'opération. Je veux des équipes, des hommes prêts à intervenir, des microphones directionnels, ils vont peut-être échanger des informations intéressantes avant notre intervention.

– Et s'ils ne disent rien ?

– On intervient quand même et on les arrête.

– Mais alors on est obligés d'enquêter sur eux.

– Vous m'imitez ?

– Je ne me permettrais jamais, *dottore*.

– Je crois au contraire que vous vous êtes déjà permis. Mais vous savez, Cianchetti, c'est pour ça que je veux que ce soit vous qui vous occupiez de l'opération.

– Pourquoi ?

– Parce que vous avez très envie d'entrer dans la bagarre et je satisfais vos désirs. C'est tout pour le moment.

– Vous m'offrez toujours du vin, *dottore* ?

– "Du vin" sonne outrageusement banal, Cianchetti. Sancerre est décidément beaucoup mieux, répondit-il en lui servant à boire.

36

Trois voitures banalisées, douze agents sous les ordres de Cianchetti et une quatrième voiture, un fourgon rempli de techniciens et équipé de microphones directionnels sophistiqués pour les écoutes. Et un troisième agent, en combinaison de travail tachée de graisse et portant l'inscription d'une quelconque entreprise, qui filmait avec un smartphone et prenait des notes sur un carnet. Ça pouvait toujours servir à voler quelques images sans se faire remarquer. Une idée de Manrico.

Ils occupaient l'aire de service La Pisana depuis huit heures du matin. Deborah avait travaillé toute la nuit à préparer le plan et à recueillir des informations. Première surprise : Valon Carioti, alias Boga Tuce, alias Gondar Goran, albanais, ou macédonien, selon d'autres fiches signalétiques, était vraiment le demi-frère d'Alina Bukaci. Les premières traces de sa présence en Italie remontaient au débarquement du bateau *Vlora*. Alina et lui avaient voyagé ensemble. Elle avait ensuite épousé Mèche d'Or Brans et il était devenu un habitué des prisons du pays comme en attestait un casier rempli d'une flopée de condamnations pour drogue et proxénétisme. Seconde surprise : Alina Bukaci, surveillée depuis les premières heures de la matinée, n'était pas passée à la banque pour retirer les espèces à remettre au maître-chanteur, contrairement à ce que tout le monde attendait. Alina était sortie de chez elle à neuf heures, en jean et blouson de cuir, et s'était directement rendue à l'aire de service. Donc, soit elle disposait d'une bonne réserve de cash, soit elle n'avait pas l'intention de payer.

Deborah avait distribué quelques photographies de l'individu, Valon, Goran ou quel que soit son nom, et ce fut elle qui le repéra quand il sortit d'une vieille Mercedes années 90 à la carrosserie cabossée. Il était neuf heures cinquante. Valon était trapu, dégarni, et avait l'air passablement stupide.

– C'est lui, *dottore*.

– Bien. Allons-y.

Cianchetti descendit du fourgon équipé, où le procureur avait pris place, et s'installa dans la voiture banalisée amirale. Pour des raisons obscures aux yeux de Deborah, le petit comte avait voulu participer à l'action en personne. Deborah avait essayé par tous les moyens de l'en dissuader. Comme beaucoup de ses collègues, elle considérait les juges d'instruction comme un mal nécessaire. Même si elle appartenait à la nouvelle génération, elle partageait avec les vieux flics les regrets de l'époque où c'étaient eux qui décidaient tout et où les juges se limitaient à ratifier leurs actes. Maintenant la police judiciaire dépendait en tout et pour tout du procureur, point final. Mais dans la rue, les avoir dans les pattes, ça non. La rue appartient aux policiers, que les juges en costume-cravate restent à leur place. Mais le petit comte était resté inébranlable. Que cherchait-il à prouver ? Qu'il était de leur côté ? Et quand bien même, si ça avait mal tourné il ne les aurait sûrement pas couverts, les gens comme lui, mieux valait au contraire s'en méfier. Même si, pour être honnête, jusqu'à présent il se comportait bien. Dans le sens où il n'aboyait pas d'ordres à tout va, n'intervenait pas avec des remarques bizarres, ne gênait pas. Il s'en tenait à observer bien sagement, sans trop emmerder le monde. En outre, il avait confirmé à Deborah qu'elle seule déciderait si et quand il fallait intervenir.

En réalité, cela faisait des années que Manrico avait l'habitude d'être présent sur des opérations qui pouvaient même être risquées. Il avait évidemment commencé par défi. Pour se prouver à lui-même qu'il n'était pas seulement l'héritier exténué d'une dynastie de sangsues déguisées. L'adjudant Scognamiglio, qui avait tout compris au premier regard, lui avait servi de mentor, et avec le temps il avait fini par y prendre goût. En plus, le fait d'être à peine toléré l'amusait.

Alina Bukaci arriva quelques minutes après dix heures, à bord d'une Smart dernier modèle. Elle se gara à quelques mètres des pompes à essence, regarda autour d'elle, repéra son demi-frère et alla à sa rencontre d'un air décidé. Les techniciens orientèrent les microphones vers le couple. Quelqu'un passa un écouteur à Manrico. Alina Bukaci s'arrêta à un mètre de Valon Carioti.

– Je te donne que dalle, imbécile.

Le son était bon, le système de filtrage fonctionnait. Les techniciens semblaient satisfaits. L'interprète albanais, qui était lui aussi monté dans le fourgon, traduisait sommairement.

– Fais pas la conne, petite sœur, si je parle tu perds tout.

– C'est toi le connard, Valon. Tu peux rien me faire.

Valon sortit un iPhone de sa poche et le brandit comme une arme.

– Là-dedans il y a tout ce qu'il faut pour gâcher ta vie, petite sœur !

– Qu'est-ce que tu veux me faire croire, hein ? Que tu m'as enregistrée ? T'as pas les couilles pour faire une chose pareille !

– Tu me crois pas ? Je vais te montrer… Écoute, écoute, princesse !

Valon tapa quelque chose sur l'appareil et l'approcha du beau visage d'Alina.

– Écoute, écoute, je te dis !

– Mais arrête ! Ce téléphone tu peux te le mettre au cul, imbécile ! Si tu me dénonces, j'aurai un procès pour homicide et on bloquera la succession. Tu comprends ce que je dis, crétin ? Si tu me dénonces je ne peux plus prendre un centime sur mes comptes.

– Mais qu'est-ce que tu racontes ?

– C'est la loi, pauvre couillon.

Valon resta interdit. Manrico – et il aurait parié que les autres aussi – était impressionné par la froideur et la détermination de Bukaci. Le demi-frère avait vraiment l'air d'un pauvre idiot. Bukaci s'apprêtait à lui tourner le dos lorsqu'il tenta une dernière relance.

– Attends. Tu veux m'embrouiller, petite sœur, mais moi je vais te niquer, tu comprends ? Je vais vendre l'enregistrement aux journaux ! Et on verra bien !

La menace sembla produire un certain effet. Alina se raidit.

– D'accord. Tu me donnes ce maudit téléphone et je te donne dix mille, c'est bon ?

– J'ai dit vingt.

– Douze.

– Quinze.

– Treize.

– Affaire conclue, petite sœur ! Quand est-ce que tu me donnes l'argent ?

– Demain.

– Même heure même endroit ?

– Même heure même endroit.

Deborah Cianchetti en avait suffisamment vu et entendu. À son signal, les agents intervinrent en encerclant Valon Carioti. Il s'agissait d'une arrestation en flagrant délit : Valon Carioti avait été arrêté au beau milieu d'une tentative d'extorsion. La situation d'Alina Bukaci était plus compliquée : d'après les écoutes, elle était la victime de l'extorsion. Et même si les coulisses de l'histoire étaient claires – Valon la faisait chanter car il possédait des informations qui pouvaient lier la veuve à l'homicide de son conjoint –, ils n'avaient pas d'éléments pour la retenir. À moins qu'elle ne fasse des révélations compromettantes. Tout laissait croire qu'Alina, froide et déterminée comme ils avaient désormais appris à la connaître, ne lâcherait rien. Il suffisait de voir comment elle avait accueilli l'irruption policière : dans la plus totale indifférence. Mais on pouvait quand même l'entendre comme victime. C'est ce que Manrico lui communiqua de la façon la plus courtoise possible.

– Je vous attends dans mon bureau, madame.

– Maintenant ?

– Le temps de rentrer, ce serait préférable.

– Je dois venir avec mon avocat ?

– Ça pourrait être utile, vous savez, pour les termes techniques et le reste… nous devons déposer plainte contre M. Carioti…

À cette réponse la veuve sembla un instant perdre son calme.

– Mais je n'ai l'intention de porter plainte contre personne, Valon est mon frère, enfin, mon demi-frère, je n'ai rien contre lui.

– Bien, même si vous ne voulez pas porter plainte contre lui, nous devons vous entendre quoi qu'il en soit, madame.

Alina monta dans sa voiture avec une mine dépitée. Valon avait suivi la pantomime un sourire accroché au visage. Quand Manrico lui fit les avertissements de rigueur – droit de faire appel à un avocat, très brève exposition des faits, information sur l'interrogatoire imminent –, il leva les bras et répondit :

– Je suis innocent. Je n'ai rien à déclarer.

Deborah fouilla ses poches et s'empara du smartphone.

– Toi tu la fermes. C'est lui qui va parler.

– C'est ça, qu'il parle, ricana Valon, sans mot de passe il pourra pas dire un mot.

Manrico soupira et fit signe au treizième agent, celui avec la combinaison de travail pleine de graisse.

– Le mot de passe tu l'as rentré tout à l'heure, mon ami, et ça, notre agent l'a filmé. Maintenant on va découvrir ce que tu tenais tant à faire écouter à ta sœur. Je parie que ce sera très, très intéressant.

– Je veux mon avocat, siffla l'Albanais.

37

Le portable de Valon Carioti recelait un dossier audio. L'enregistrement d'une conversation entre Alina Bukaci et lui. C'était l'homme qui appelait. Ils parlaient en albanais. Manrico convoqua l'interprète et ils firent écouter la bande à Valon Carioti.

VALON Ça va mieux, petite sœur?
ALINA Salut, Valon, toujours la même merde.
VALON Toujours le vieux, hein?
ALINA Et qui ça pourrait être d'autre?
VALON Qu'est-ce qu'il a trafiqué cette fois?
ALINA Maintenant il dit qu'il veut divorcer pour épouser cette petite pute.
VALON Non!
ALINA C'est ce qu'il dit.
VALON Mais il a déjà dit ça d'autres fois. Et il finit toujours par changer d'avis.
ALINA Qu'est-ce qu'il y a, tu as peur que j'arrête de te donner de l'argent s'il s'en va?
VALON Ah, ma petite sœur chérie! J'ai réfléchi au truc que tu m'as dit l'autre fois...
ALINA Quel truc?
VALON Le truc que tu veux lui faire.
ALINA Ce truc!
VALON Oui, ce truc. Si tu y penses encore, je peux le faire pour toi.
ALINA L'autre fois tu m'as dit non.
VALON Excuse-moi, petite sœur, mais tu me téléphones de but en blanc et tu me demandes de tuer ton mari, moi je dis, laisse-moi au moins un peu de temps pour y penser!

ALINA C'est pas prudent de parler de ça au téléphone.

VALON T'inquiète, il est clean ce téléphone. Alors : tu veux toujours que je le fasse ? Que je tue ton mari ?

ALINA Je sais pas, Valon.

VALON Tu veux ou tu veux pas ? Si tu veux, moi je le fais, et je fais en sorte que ça ressemble à un accident. Pour vingt-cinq mille, moi je le fais, ma sœur.

ALINA Vingt-cinq c'est trop.

VALON Vingt-cinq c'est trop ? Mais tu rigoles ! Ça, c'est des trucs à prendre perpète, et comment ! Je peux le faire pour vingt, seulement parce que t'es ma sœur.

ALINA Vingt…

L'écoute terminée, Valon échangea un regard avec l'avocat commis d'office, puis écarta les bras.

– Valon fait valoir son droit au silence.

C'était prévisible, mais Cianchetti essaya quand même.

– Meurtre avec préméditation, c'est perpète, mon beau !

L'avocat protesta : les droits de son client étaient manifestement bafoués, si un individu mis en examen décide de faire valoir son droit au silence, on ne peut pas l'obliger à communiquer avec les enquêteurs. Le sacro-saint principe de civilisation, selon Manrico. Qui, cependant, trouvant la réaction de l'avocat un peu emphatique, se rangea instinctivement du côté de la policière.

– Ce n'est rien d'autre qu'une amicale suggestion, maître.

Valon secoua la tête.

– Valon n'a rien à dire.

– À ce stade je pense que l'interrogatoire est terminé, dit l'avocat en s'apprêtant à se lever.

Manrico l'arrêta avec un doux sourire.

– Si vous avez encore quelques minutes de patience… merci.

Et avant que l'autre ne puisse répondre, il se rendit, suivi des policières, dans une pièce voisine où attendaient Alina Bukaci et maître Poggi. Pour Deborah la surprise fut de taille. Quand le procureur l'avait laissée partir, elle avait pesté. Si elle avait été cette femme, elle aurait immédiatement compris ce qui se tramait et aurait pris la fuite. Au lieu de cela, Alina se tenait face à elle, plus glaciale et combative que jamais.

– Donc, commença Manrico en s'installant derrière un bureau deux fois grand comme le sien (mais qui occupait ce bureau ? Qui était le collègue qui avait réussi à se faire attribuer des meubles aussi confortables, damnation !), il y a quelques heures vous avez été victime d'une tentative d'extorsion…

– Comme elle vous l'a fait savoir, intervint Poggi, ma cliente n'a pas l'intention de porter plainte.

– Sauf s'il s'agissait d'un délit pour lequel on procède d'office, comme vous me l'avez si bien appris, maître… pour la régularité du procès-verbal nous devons quand même procéder à l'écoute de quelques conversations téléphoniques…

Au signal de Manrico, Orru fit partir le premier enregistrement, celui dans lequel la demi-sœur et le demi-frère se donnaient rendez-vous sur l'aire de service. Pendant l'écoute, alors que l'avocat pâlissait, Alina ne broncha pas.

– Alors, madame Bukaci, demanda finalement Manrico, que pouvez-vous me dire de cet enregistrement ?

– Mon frère a toujours été mythomane, un pauvre type, c'est pour cela que nos relations sont quasiment inexistantes.

– Pourtant ce matin vous êtes allée au rendez-vous.

– Par charité chrétienne, monsieur le juge.

– Donc il ne s'agit pas de chantage.

– Absolument pas !

– Et vous n'avez rien à cacher.

– Rien du tout.

Manrico soupira.

– En vertu de l'article 63 du code de procédure pénale, je suspends l'interrogatoire de Mme Bukaci Alina et l'informe qu'à partir de maintenant elle revêt la qualité de mise en examen pour délit d'homicide sur son conjoint Diotallevi Stafano…

L'avocat protesta. Homicide. On allait décidément trop loin. Cette convocation imprévue était un piège. Sa cliente n'acceptait pas de poursuivre l'interrogatoire en tant que mise en examen. Il lui conseillait de faire valoir son droit au silence. Cianchetti adorait les situations de ce genre. Il fallait planter les crocs. Cette conne pouvait bien faire sa petite princesse hautaine. Qu'elle garde donc le silence, de toute façon l'enregistrement existait et il était très clair. Un peu de prison pour la ramollir et après ça elle chanterait comme un rossignol. Affaire classée. Alina Bukaci posa une main sur le bras de l'avocat.

– Écoutons ce qu'il a encore inventé, monsieur le juge, dit-elle d'une voix flûtée, presque suave.

38

Ils se déplacèrent de nouveau dans le bureau de Manrico. Les allées et venues et une certaine excitation palpable au quatrième étage de l'immeuble du Parquet n'avaient pas échappé à la presse. Quelques vieux de la vieille, habitués à traîner leurs guêtres dans les couloirs, avaient flairé l'odeur du sang.

– Cette fois on aura du mal à les tenir à distance, confia à voix basse Manrico à Orru.

Bukaci, qui avait manifestement l'ouïe fine, sourit de nouveau au procureur.

– Vous allez avoir du mal à effacer la grosse bourde que vous êtes en train de faire, monsieur le juge.

Eh ben en tout cas, pensa Cianchetti, celle-là, c'est une coriace. La voir écoper de vingt ans serait une excellente récompense pour ces dures journées de travail.

Quand Valon et Alina se retrouvèrent face à face, elle le regarda avec mépris et il lui rendit la monnaie de sa pièce. Manrico fit partir l'enregistrement. Poggi gardait les yeux baissés. L'avocat commis d'office confirma que son client ferait valoir son droit au silence.

– J'ordonne la confrontation, expliqua Manrico.

– Personne ne parlera, répéta le commis d'office.

Alina Bukaci prit encore une fois tout le monde à contre-pied.

– Dans un moment d'abattement, dû aux trahisons répétées de mon mari, je me suis laissée aller à cette proposition insensée…

– Vous reconnaissez l'appel téléphonique ! laissa échapper Cianchetti.

– Oui, je le reconnais. Mais, je le répète, c'était seulement un moment d'abattement. Il avait une relation avec cette fille, Cetty Paternò, et j'avais peur de le perdre.

– Et pour ne pas le perdre vous vouliez le faire tuer par ce… par celui-là ? répondit Cianchetti, abasourdie.

– Vous ne savez pas de quoi une femme amoureuse est capable.

– Mais par pitié !

– Cianchetti, maintenant ça suffit !

La policière leva les mains. Oui, un excès de zèle pouvait se révéler dommageable. Au fond, avec cet aveu la petite veuve était en train de creuser sa tombe.

– Et quoi qu'il en soit, ce n'était qu'un moment. Ce que j'ai dit ne me fait pas honneur, et je m'en repens. Si seulement j'avais su ce qui arriverait ensuite… il était revenu avec moi et tout était rentré dans l'ordre, quand… quand… Monsieur le juge, je n'exclus pas que cet animal, dit-elle en montrant théâtralement Valon, ait pu le faire tout seul…

– Moi, un animal ? ricana Valon. Ouais, peut-être. Mais j'étais pas un animal quand je t'accompagnais chez tes clients et que je restais devant la porte au cas où quelqu'un aille trop loin…

– Mais tu es un misérable !

– Et toi, une putain. Ça a toujours été ton métier ! Monsieur le juge, avant elle faisait la putain avec tout le monde et ensuite elle a fait la putain seulement avec le vieux… et en tout cas, si elle a fait tuer le vieux, l'assassin c'était sûrement pas Valon !

– C'est ça, on va te croire !

L'Albanais regarda Manrico dans les yeux.

– Je vous écoute.

– Le jour de l'homicide Valon était votre invité.

– Qu'est-ce que tu racontes ? demanda la froide Alina qui semblait tout de même intriguée.

– Qu'il était en taule, siffla Deborah.

– Elle est bien cette fille ! complimenta l'Albanais. Et belle nana aussi. Dommage qu'elle fasse un boulot de merde !

Deborah serra les poings, prête à bondir. Manrico la foudroya du regard.

– Carioti, restez à votre place. Je n'admets pas de tels commentaires. Orru, Vitale, Cianchetti : par-là, avec moi.

Effectivement, le jour où l'inconnu auquel ils donnaient la chasse depuis maintenant une semaine sciait le tuyau des freins de l'Iso Rivolta de Mèche d'Or, l'Albanais était détenu à la prison de Busto Arsizio pour une vieille condamnation. Il y était entré le matin qui avait suivi la conversation téléphonique avec Alina Bukaci et avait été libéré cinq jours plus tard quand son avocat de confiance avait réussi à invalider l'ordre d'exécution de peine en s'agrippant à un argument spécieux. Bref, ça coïncidait. Ce salopard n'était pas un assassin. Pouvait-il avoir chargé quelqu'un de le faire depuis la prison ? Les mêmes hypothèses déjà avancées au sujet de Matteo Diotallevi se présentaient de nouveau. Et, là aussi, il s'agissait de conjectures sans la moindre trace de réponse.

L'Albanais fut expédié en prison, puisque l'extorsion tenait toujours, et avec les antécédents de Valon le juge d'instruction ne fit aucune difficulté à accorder la mesure préventive. Il restait à décider du sort d'Alina Bukaci.

– Cette sal… saleté, pardon, *dottore*, elle a quand même cherché à faire tuer son mari !

– Ce n'est pas un modèle de vertu, d'accord, mais techniquement nous parlons d'une forme d'incitation qui ne se traduit pas par un délit. Donc, ce n'est pas punissable.

– Quoi ? Il a bel et bien clamsé !

– Cianchetti, est-ce que vous voulez bien comprendre qu'il n'y a aucune preuve que ce soit elle ?

Pour la soirée, Manrico avait prévu de se laisser doucement tomber dans les bras de Morphée. À moins que les choses en aillent autrement.

Calé dans son bien-aimé fauteuil en damas rouge, souvenir d'un aïeul papal, vers vingt-deux heures, en robe de chambre bleu nuit, il se retrouva à mordre dans un généreux carré de chocolat fondant aux noisettes. Sur le guéridon en bois style Régence l'attendait, éclatant dans sa perfection ambrée, l'habituel petit verre de whisky tourbé. D'ordinaire, le couplé gagnant du jouisseur était accompagné de l'écoute, rigoureusement sur vinyle, d'un de ses opéras adorés, choisi en fonction de l'humeur. Mais ce soir-là, le rituel avait été contrarié par un appel du procureur Melchiorre : Marinelli avait annoncé des révélations à venir sur le meurtre de la via delle Fornaci, et il fallait donc subir la torture.

La journaliste, tel un bouledogue déchaîné, n'avait aucune intention de lâcher le morceau, et chaque fois qu'on lançait une nouvelle vidéo, dans sa propre émission ou lorsqu'elle était invitée, elle faisait en sorte de rappeler sa bataille civique pour la défense de la Justice avec un grand J. La famille du mort devait donner un visage et un nom à l'assassin de l'être aimé. Que la famille en question, Alina et Matteo, soit faite d'une pâte peu ragoûtante, Marinelli ne pouvait pas le savoir. Pas encore, du moins, car tôt ou tard les écoutes sortiraient et le petit cadre familial serait jeté en pâture aux réseaux sociaux. Mais même à ce moment-là, on pouvait jurer qu'elle saurait tirer profit de la situation. En tout cas, la nouvelle Dikè nationale faisait traîner en longueur depuis trois quarts d'heure avec une série d'autres affaires. Évidemment, la révélation était renvoyée à la fin de l'émission, c'est-à-dire au moment du pic d'audience. Et Manrico avait déjà du mal à garder les yeux ouverts. Ce fut en fait dans un demi-sommeil qu'il saisit l'annonce de Marinelli : un mois avant l'accident,

Mèche d'Or avait donné cent cinquante mille euros à la communauté thérapeutique La Lumière dans la Nuit.

Ennemi des dealers et toxico. Consommateur de drogue mais mécène d'un centre de désintoxication. Ça n'avait pas de sens. Ou ça n'en avait que trop.

39

Une grande fresque murale représentait une demi-douzaine de chats et autant de chiens. Comiques et très colorés, l'artiste les avait peints en train de courir dans tous les sens. L'idée était de communiquer un sentiment de liberté et d'indépendance, expliqua le père Brahim, et Manrico dut admettre que, grâce à la naïveté d'un trait un peu enfantin, c'était très réussi. Surtout accompagné de la légende qui soulignait le message : ILS NE DÉPENDENT QUE D'EUX-MÊMES. Ils avaient par ailleurs été conçus par l'équipe de psychologues de la communauté La Lumière dans la Nuit, des professionnels de très haut niveau, parmi les plus appréciés en Italie et ailleurs.

Père Brahim venait du Ghana, il était jeune, musclé et enthousiaste, et aurait pu tranquillement se reconvertir dans le marketing s'il avait perdu la foi.

– Ici nous rééduquons nos jeunes, expliquait le religieux tandis qu'ils se dirigeaient à pas lents vers le petit bâtiment qui abritait les bureaux, au bout d'un chemin de terre, nous nous occupons de toutes les dépendances majeures, drogue, alcool, et aussi un peu les jeux de hasard qui concernent cependant les personnes un peu plus âgées.

– Il y en a beaucoup ? demanda Cianchetti.

Au matin, une courte réunion s'était tenue dans le bureau du procureur. Toutes les policières avaient vu l'émission de Marinelli. Orru avait recueilli tambour battant quelques éléments sur la communauté, sans rien trouver d'étrange. Par le passé, Vitale y avait accompagné un parent éloigné qui souffrait de problèmes d'alcoolisme et elle en gardait une bonne impression. Cianchetti soutenait que les cent cinquante mille euros étaient le fruit d'un chantage. Quelqu'un avait fait chanter Mèche d'Or sur ses histoires de drogue. Et Manrico avait fini par lui demander de l'accompagner à La Lumière dans la Nuit qui surgissait le long de la via Cassia Veientana, plus près de Viterbe que de Rome.

– Le phénomène de dépendance aux jeux de hasard est malheureusement en constante augmentation, madame, soupira le prêtre.

– Inspecteur Cianchetti.

– Oui, bien sûr, inspecteur, pardonnez-moi. Il y en a, et comment. Imaginez-vous que nous en avons un qui est assigné à résidence parce qu'il a séquestré le fils de son voisin. Un petit garçon de douze ans. Il s'était mis un bas sur le visage et avait fait semblant d'être un étranger. Mais le gamin l'a reconnu et s'est mis à rire. Par chance tout s'est bien terminé.

– Ça reste un délit, fit remarquer Deborah.

– Oui, c'est ce que dit la loi, répondit le prêtre dans un rire franc et communicatif, mais si ça ne cause de tort à personne, de quel délit s'agit-il ?

Bonne question, pensa Manrico. Les jeux de hasard peuvent faire sourire mais peuvent aussi gâcher des vies. Il en était le témoin direct. Pourtant, même dans les moments les plus durs, l'idée d'interner sa mère ne l'avait pas effleuré une seconde.

– Ici nous avons deux maisons pour les "hôtes", un atelier de menuiserie, la chapelle, un espace avec une quinzaine d'ordinateurs, une étable avec deux ânes, deux rangées d'arbres fruitiers…

– Le taux de récidive est élevé ? s'enquit Cianchetti avec son habituelle brutalité.

– Pardon ?

– Nous souhaiterions savoir si, une fois sortis d'ici et réhabilités, des hôtes reviennent parce qu'ils ont recommencé à se droguer, traduisit Manrico.

Le père Brahim écarta les bras.

– Je peux seulement vous dire que certains reviennent, oui, mais toujours moins que ce que vous pourriez imaginer… et plus que ce que nous voudrions…

Ils arrivèrent dans ce que le père Brahim définit comme "l'excellence de l'excellence".

– L'atelier de couture. Ici nous délivrons un diplôme reconnu par le ministère. Les filles confectionnent aussi des costumes de théâtre et une de nos anciennes pensionnaires a même reçu un prix en Allemagne…

Il s'agissait d'un vaste espace avec des tables éclairées par de puissantes lampes, des mannequins, des dessins de modèles. Cinq ou six jeunes femmes s'affairaient, totalement indifférentes à la présence de ces étrangers.

– Il y a beaucoup de ferveur, comme vous le voyez. Et je ne vous cache pas que grâce à la donation du *Maestro* Brans, j'espère pouvoir élargir notre offre de formation…

Manrico et Cianchetti échangèrent un regard. Le prêtre les fixait, avec son sourire cordial, ouvert.

– Vous êtes ici pour ça, non ?

– En effet… répondit Manrico presque dans un murmure. Toute cette générosité ne vous a-t-elle pas semblé un peu étrange ? Cent cinquante mille euros, c'est une belle somme…

– Il croyait en nous, ce n'était pas la première fois qu'il nous aidait financièrement.

– Avec autant d'argent ? demanda Cianchetti, sceptique.

– Non, pas autant. Et quand j'appris qu'il était mort… J'ai pensé que… Mais non, c'est stupide…

– Allez-y, je vous en prie, l'exhorta Manrico.

– J'ai pensé que de façon obscure le destin s'était peut-être déjà manifesté, et qu'il savait. Ou qu'il avait compris. Il avait compris qu'il lui restait peu de temps et il a décidé par ce geste noble... Excusez-moi, je reviens tout de suite.

Père Brahim s'approcha d'une fille qui avait à peine levé la tête de sa machine à coudre.

– Il me plaît pas, ce prêtre ! dit Deborah.

– Cianchetti, s'il vous plaît ! J'essaie de comprendre...

– Qu'est-ce qu'il y a à comprendre, *dottore* ? D'une main il donnait à ces malheureux, et de l'autre il sniffait de la coke. Quelqu'un l'a su, peut-être le prêtre, et l'a fait chanter. Et lui il a payé.

– Et ensuite le maître-chanteur l'a tué ? Mais vous le voyez, le père Brahim, en train de scier le tuyau de la Iso Rivolta ?

– Une fois j'ai arrêté un curé qui tripotait les petits garçons, *dottore*.

– Si vous allez par là, une fois j'ai inculpé un évêque avec une valise pleine d'héroïne.

– Mais allez !

– Je vous jure.

Père Brahim revint avec deux sacs de toile. Mais avant qu'il ne puisse ouvrir la bouche, Deborah lui demanda depuis combien de temps il n'avait pas vu Mèche d'Or.

– Ah ! répondit le religieux pris d'une soudaine tristesse. Il était venu pour la donation, vous savez, pour les formalités. Il y a un mois environ. Je n'imaginais pas que ce serait la dernière fois.

– Mais vous saviez que quand il est mort il était bourré de cocaïne ?

Père Brahim porta une main à ses cheveux et laissa échapper un cri étranglé.

– Comme je vous le dis, insista la policière.

Manrico pensa à la réaction contenue de Mangili et à l'angoisse du jeune noir. L'un était amer, blessé, déçu. L'autre était un enthousiaste, un vrai croyant qui se remettrait vite de cette déception.

– Les voies du Seigneur sont impénétrables, murmura-t-il enfin.

– Oui, relança Cianchetti, mais qu'est-ce que vous pensez de quelqu'un qui vous donne tout ce fric et qui prend de la came ?

– Je ne sais pas quoi dire. Mais je prierai pour lui, pour la paix de son âme.

D'un geste vague Manrico empêcha Cianchetti d'aller plus loin. Père Brahim le remercia d'un signe de la tête. Et il leur offrit les deux sacs.

– Ils sont aussi fabriqués par nos filles. Ils sont très solides, ils sont en toile de jute. Une matière qui n'est plus très à la mode mais qui nous plaît.

Tandis qu'ils retournaient au scooter de la policière, Manrico lui demanda pourquoi elle avait été si agressive.

– Après tout, Cianchetti, le père Brahim fait de son mieux !

– Ouais, et il prend le fric d'un type qui a le nez plein de poudre ! Mais allez, tout ça c'est que du flan. Ici c'est plein de gens qui au lieu d'être en prison se font de belles vacances aux frais de l'État avant de redescendre dans la rue pour se camer ou dealer. Et peut-être que l'un d'entre eux s'est enrichi avec mèche d'Or...

– Et vous les mettriez tous en taule, c'est ça ? Vendeurs, consommateurs, tous...

– Écoutez, *dottore*, si quelqu'un a envie de se camer, c'est son problème.

– Ça, c'est une des rares choses sur lesquelles nous pourrions être d'accord.

– Mais si c'est illégal, moi j'ai le droit de les foutre en taule.

– Donc vous pensez vous aussi que ce ne serait pas plus mal de légaliser...

– J'ai pas dit ça ! Vous préférez quoi, le chat ou le chien ?

– Quoi, pardon ?

Deborah déroula les deux sacs. Ils portaient tous les deux un joli dessin. Un de chien, l'autre de chat. Mangili en avait un comme ça. Un souvenir de sa fille, sans doute. Cette pensée déclencha chez lui une pointe de tristesse. Il aurait tant voulu avoir les certitudes de Deborah Cianchetti. Son assurance. Ou peut-être tout simplement ses trente ans.

– Je vous laisse choisir, concéda Manrico.

– Alors je prends le chat.

– Je m'en serais douté, allez savoir pourquoi.

40

Tandis que Manrico et Cianchetti interrogeaient le père Brahim, Graziano le mécanicien, le fiancé de Cetty Paternò, sortait de scène. Le patron de l'atelier, son employeur, avait réussi à se souvenir du client dont la voiture avait été essayée par le jeune homme. Vitale entendit l'homme, un professeur au-dessus de tout soupçon, qui lui dit que, pendant tout le temps où l'assassin pouvait avoir agi, Graziano et lui étaient restés ensemble, bière dans un pub du Trastevere comprise. Amen.

Entre-temps les cent cinquante mille euros donnés à la communauté avaient mis en émoi la famille Diotallevi. En milieu d'après-midi, Orru déposa sur le bureau de Manrico une juteuse transcription d'écoute téléphonique.

– Matteo Diotallevi a téléphoné à Alina Bukaci pour lui proposer un pacte.

– Mais ils ne se détestaient pas, ces deux-là ?

– Sans aucun doute. Mais maintenant ils se parlent.

Manrico lut la transcription.

MATTEO Salut, Alina, c'est Matteo.

ALINA Salaud, fils de pute, enculé…

MATTEO Moi aussi je suis content de t'entendre.

ALINA Qu'est-ce que tu veux ? Ça te suffit pas ce que t'as fait à ton père ?

MATTEO J'ai rien fait et tu le sais très bien. Mais j'ai pas envie qu'on s'engueule. J'appelle pour trouver un accord.

ALINA Quel accord ? Qui c'est qui t'envoie ? Tu enregistres ? Tu sais pas qu'on est tous sur écoute ?

MATTEO Peu importe, Alina. Moi j'ai rien à cacher. Tu veux pas m'écouter une bonne fois pour toutes ?

ALINA *(après une pause)* Vas-y mais fais vite.

MATTEO T'es au courant pour les cent cinquante mille euros qu'il a donnés au prêtre ?

ALINA Oui, je suis au courant, ton connard de père, c'était qu'une merde.

MATTEO C'est ce que j'ai toujours dit. Mais, écoute, cet argent il est à nous, à toi et à moi…

ALINA Putain mais qu'est-ce que tu racontes ? Cet argent c'était le sien, il pouvait en faire ce qu'il voulait !

MATTEO Pas si on réussit à prouver qu'il s'est fait embobiner par le prêtre.

ALINA Qu'est-ce que tu dis ?

MATTEO Ça s'appelle de l'abus de faiblesse. En gros c'est quand quelqu'un se retrouve entre tes mains et que tu le manipules pour lui faire faire ce que tu veux.

ALINA Et on fait comment pour le prouver ?

MATTEO On trouvera un moyen. Il faudrait peut-être qu'on se voie pour en parler.

ALINA Ok.

Manrico rendit le document à Orru. Entre-temps Cianchetti et Vitale les avaient rejoints.

– *Happy family*, commenta cette dernière.

– Moi je donnerais les écoutes à Marinelli, siffla Orru.

Ils la regardèrent tous, stupéfaits. Orru, la petite Sarde, un modèle de correction et de professionnalisme, respectueuse des lois jusqu'au sacrifice. Mais que se passait-il ?

– Une remarque comme ça, je l'aurais plutôt attendue de la part de Deborah, fit observer Vitale.

Cianchetti haussa les épaules. Elle n'y avait pas pensé et il ne manquerait plus que ça, une femme comme Marinelli, en plus. Mais à bien y réfléchir…

– Je disais ça comme ça, dit Orru comme si elle se reprenait après un moment d'égarement, c'est parce que nous on se bat pour défendre le citoyen et renvoyer les criminels devant la loi, c'est notre travail, on aime le faire, mais certains citoyens de ce genre, moi… au moins pour la satisfaction de leur foutre la honte ! Bon sang, un homme est quand même mort, non ?

– Ça suffit comme ça, dit Manrico en se faisant un devoir d'interrompre le flux de négativité, je vois que Matteo Diotallevi a utilisé un portable italien. Il a donc un autre téléphone. On peut peut-être réussir à le localiser sur le lieu du crime.

– Je m'en occupe immédiatement, assura Orru en se mettant presque au garde-à-vous.

– Mais t'as pas tort, murmura Cianchetti tandis que sa collègue s'éclipsait.

41

Le dimanche après-midi, la comtesse Elena se sentit mal. Le vieux docteur Sola, promptement accouru, diagnostiqua une simple fatigue. La vieille dame se retira pour se reposer dans la pénombre, Manrico se réfugia dans sa chambre d'autrefois qui accueillait à présent le piano. Il joua *Il tramonto* de Giuseppe Verdi. *J'aime l'heure du jour qui meurt | quand le soleil déjà las décline*... En fond, une association d'idées plutôt facile : l'heure si douce et triste qui indique la fin du jour et les soixante-seize ans d'une mère fantasque. L'idée de la perdre était insupportable. Adelaide avait peut-être raison, il avait un rapport maladif à sa mère, et même morbide. *Et je désire que ce sentier doré | porte à nouveau mes pas sur le chemin infini | comme si ma vie fatiguée | me guidait vers un havre de paix*... La dernière note de la chanson éteinte, il referma l'instrument avec une certaine fougue. On a vite fait de passer des sentiments aux jérémiades. Elena aurait été la première à ricaner de toute cette mélasse.

Parfois sa mère semblait rentrer en elle-même. Les moments de lucidité étaient rares. La conscience du délitement l'assaillait alors et devait profondément la blesser. Son air rêveur était peut-être seulement une façon, extrême, d'échapper à la souffrance. Mais assez ! Face à cette terre désolée qui avançait, il n'y avait qu'un seul remède. Mais Maria Giulia semblait avoir disparu. Le remède invoqué était donc des plus classiques. Il saisit son iPhone et chercha dans son répertoire le numéro de Flaminia Wurtz, une agente immobilière froide et sensuelle avec qui il avait flirté quelques semaines auparavant au vernissage d'un médiocre artiste conceptuel. Médiocre et, bien entendu, à la mode. Il envoya un message au ton plutôt neutre. Il décida qu'il attendrait dix, au mieux quinze minutes, avant de passer au plan B. Camillo se matérialisa.

La comtesse allait mieux, elle était affamée, elle attendait le dîner.

– Dis à ma mère que je sors, s'il te plaît.

– Elle sera déçue.

C'en était trop. Il le foudroya d'un regard éloquent et le majordome se retira avec un signe de tête. Est-ce qu'il avait exagéré ? Est-ce qu'il l'avait offensé ? Mais assez, bon sang ! Un message WhatsApp d'Orru arriva. On avait les résultats définitifs des téléphones portables de Matteo Diotallevi. Tout était négatif. Il était impossible, à travers le trafic téléphonique, de relier le fils à la scène du crime. L'enquête ne menait nulle part. Ils avaient mis la main sur une bande d'individus avides et mesquins mais ils ne pouvaient encore accuser aucun d'entre eux d'être un assassin. Ça se passait plutôt mal. Heureusement Flaminia Wurtz rappela. Elle était d'accord pour aller boire un verre. Mais où, comme ça au dernier moment ? Il proposa l'ami Piero. Une douche rapide, la veste et la chemise qu'il fallait, pas de cravate, et il était prêt. Sa mère, dans la salle à manger, sirotait une infusion à la réglisse. Camillo, debout derrière elle, veillait sur elle avec un air d'adoration.

– Si tu as l'intention de rentrer tard, Manrico, préviens-moi, s'il te plaît, souffla-t-elle sans lever les yeux de sa tasse.

– Mais maman, franchement !

Il se dirigea vers la sortie, partagé entre l'indignation et la tendresse. Elle le rappela d'un ton un peu revêche.

– Écoute-moi…

– Je t'écoute.

– Si par hasard tu as l'intention de rester dormir chez quelque dévergondée, n'oublie pas de prendre ta brosse à dents, du dentifrice et des préservatifs. J'ai assez de petits-enfants comme ça, et Alex est grand.

Bon retour parmi nous, chère vieille Elena. Mais maintenant laisse-moi vivre ma vie.

La soirée ne se déroula pas selon ses attentes. En dépit de la table bien placée, des huîtres de circonstance, des bulles adaptées au jeu de la séduction, tout cela sonnait faux. Cette Flaminia, qui à peine quelques jours plus tôt lui avait semblé si attirante, ce mélange de froideur et de sensualité, justement, lui paraissait tout à coup terne, ordinaire, ennuyeuse. Surtout, elle détestait l'opéra : ne me dis pas que tu aimes ces gros bonshommes et ces grosses poules qui s'agitent en chantant des choses improbables dans des costumes vieux de cent ans ?

– Mais comment tu peux, Manrico ! Ils chantent !

– Les rockeurs aussi, ils chantent, et aussi les auteurs-compositeurs, à Sanremo ils chantent, je ne vois pas...

– C'est pas la même chose ! Là on doit croire que, je ne sais pas, une nana de cent kilos meurt ravagée par la phtisie en chantant *ooohh ooohh*... Comment tu peux aimer un truc pareil ?!

La comparaison avec Maria Giulia était sans pitié. Et il se sentait coupable comme cela ne lui était plus arrivé depuis l'époque où il était marié. Le fait est qu'à l'époque la trahison lui procurait un je-ne-sais-quoi, ce frisson qui avec les années se transformait immanquablement en routine... Mais, bon sang, Manrico, qu'est-ce qui t'a manqué dans la vie pour être comme ça ? Ennui, inquiétude, vide. Appelez ça comme vous voudrez. À l'époque on aurait appelé ça le *spleen*. Il l'accompagna à un taxi, calmement, en gentleman. Ils se saluèrent d'un baiser sur la joue et de ce "on se voit bientôt" qui à Rome veut à la fois tout et rien dire. Plutôt rien que tout. Il rentra chez lui peu après minuit. Dormir, ce n'était même pas la peine d'en parler. Son regard tomba sur un dossier rempli de documents. Les pièces – peut-être inutiles, peut-être pléthoriques, peut-être décisives ? – de l'enquête sur Mèche d'Or. Parmi elles, dans une enveloppe jaune encore cachetée, le "compte rendu final de la Scientifique sur la pièce n. 567/a/w-note du 12.11.20". En pratique, l'examen des fibres retrouvées sur le tuyau de frein scié. Il commença à feuilleter, distraitement.

42

Deborah Cianchetti, à la fin d'un dimanche difficile – soucis pour l'enquête en cours, dispute d'usage avec sa mère, mais quand est-ce que tu vas te marier, ma fille, mais bon ça se comprend, *chi te se pija*, qui c'est qui va vouloir de toi, avec ces tatouages, mais franchement, parmi tous les métiers possibles il fallait juste que tu choisisses d'être flic, et son père, la tête plongée dans les matchs, qui approuvait sur commande, pas vrai Giusè ? Bien sûr ! Mais papa qu'est-ce que tu racontes ? Mais tu sais bien comment est ta mère, mais qu'est-ce que tu racontes, Giusè, mais tu sais bien comment est ta fille –, reçut un appel d'un numéro inconnu. Elle pensa que c'était Diego qui appelait d'un des bureaux où on l'avait flanqué. Diego, le meilleur antidote à la dépression.

– Mais quel Diego ? C'est Baracchini Elide, vous êtes la commissaire ?

Mais c'était qui, celle-là ? C'était quoi cette horrible voix de vieille ?

– Pardon mais vous êtes qui ? On se connaît ? Comment vous avez eu mon numéro ?

– Mais c'est toi qui me l'as donné, ma fille ! Je suis la voisine de Felici Tudor.

Bien sûr. Felici Tudor alias Pinocchietto. Le dealer de Pigneto. C'était elle qui avait demandé à la commère de l'appeler si elle voyait le type.

– Excusez-moi, madame, je ne vous avais pas reconnue. Allez-y, je vous écoute.

– Il est rentré.

– Pinocchietto ?

– Felici Tudor.
– Très bien, je passe demain.
– Commissaire, moi je dis ça pour vous, mais demain ça sera peut-être trop tard.
– Pourquoi ?
– Parce que y en a un qui dit qui veut le tuer… maintenant c'est toi qui vois, ma fille…
Il lui fallut un peu de temps avant d'arriver à Pigneto. En chemin elle avait prévenu le QG. Ce n'était pas le moment d'agir seule. Outre les protocoles de sécurité, elle ne savait pas sur qui elle allait tomber. Peut-être sur un pacifique citoyen endormi. Peut-être sur un dealer en train de couper sa came. À vrai dire, elle ne savait même pas pourquoi elle s'était précipitée sur les lieux. C'était un signalement, d'accord, mais elle aurait pu transmettre à ses collègues de service. La vieille était peut-être mythomane. Elle prétendait que quelqu'un voulait tuer Pinocchietto : mais comment le savait-elle ? La vérité était qu'elle avait un espoir. L'espoir qu'un tuyau utile pour l'enquête sur l'homicide puisse venir de Pinocchietto.
Un grand silence et la lumière froide d'une lune croissante enveloppaient Pigneto, un quartier désormais très en vogue chez les jeunes noctambules. Mais c'était dimanche soir : même ce bouillonnant concentré de vitalité récupérait après la débauche du week-end. Une seule fenêtre était éclairée, celle de Mme Elide, la voisine de Pinocchietto. Et une seule source sonore : l'appartement dudit Pinocchietto. D'où arrivait, à un volume considérable, de la musique techno. Deborah sonna à l'interphone, la vieille ouvrit la porte et attendit la policière sur le palier.
– Enfin ! Je pensais que tu viendrais plus, ma belle !
Deborah guida la mère Elide à l'intérieur et ferma la porte derrière elles.
– T'entends tout ce barouf ?

– Madame, mais pourquoi aucun des voisins ne se plaint ?

– Les voisins ? Mais ma fille, ici y a que moi et ce salopard.

– Vous savez que j'ai appelé les collègues de la patrouille ?

– T'as bien fait !

– C'est sérieux. On peut pas déranger la police pour rien !

– Pour rien ? Aahhh, s'écria la mère Elide en arborant un air coquin, je comprends. Tu penses que je t'ai appelée parce que j'entends du bruit et que je veux qu'il arrête avec sa musique…

La vieille avait vu juste ; Deborah l'avait injustement sous-estimée. Elide lui fit signe de l'attendre. Elle disparut dans une pièce et réapparut peu après avec une béquille en métal.

– C'était à mon pauvre Achille, à la fin il pouvait plus marcher…

Elle s'approcha du mur et commença à taper avec la béquille en hurlant “ça suffit, arrête, on n'en peut plus !” De l'autre côté quelqu'un répondit dans une sorte de rugissement.

– Tu me casses les couilles ! Je vais venir te jeter par la fenêtre !

Elide fixa Deborah avec un demi-sourire.

– T'as entendu ? Ça, c'est pas la voix de Felici Tudor. C'est la voix du type qui veut le tuer.

Oui, c'était sérieux. Les secours tardaient. Deborah approcha son oreille du mur. Pendant les très courtes pauses que faisait la musique, il lui semblait percevoir un bruit sourd, un juron étouffé, peut-être un gémissement. Mais ils en mettaient un temps, ces foutus collègues. Puis un cri, très aigu. Angoissé. Au diable les secours. Elle saisit les épaules de la vieille, lui sourit et s'efforça de prendre un ton rassurant.

– Restez ici, madame Elide.

Elle se plaça d'un côté du chambranle, empoigna son arme, ôta la sécurité et donna deux coups de pied dans la porte.

– Police, ouvrez !

Puis, après avoir lancé l'avertissement, elle se jeta par terre pour éviter d'éventuels tirs d'arme à feu. Rien ne se passa. Elle se releva et recommença à taper dans la porte.

– Ouvrez, je compte jusqu'à trois et on enfonce. Un…

L'intensité de la musique diminua jusqu'à devenir un murmure.

– Tout va bien, désolé.

Cette fois c'était une voix mal assurée, différente de la première.

– C'est Pinocchietto, murmura la mère Elide, qui avait entre-temps rejoint la policière sur le palier.

– Je vous avais dit de rester à l'intérieur.

– Mais je vais rater le spectacle !

– Rentrez chez vous, bon sang !

Elide s'en alla en soufflant et en trottinant.

– Ouvrez quand même. C'est un contrôle.

– Mais c'est pas la peine…

– Je compte jusqu'à trois. Un…

– On ouvre, on ouvre.

C'était l'autre voix. La voix désagréable. Deborah fit un pas en arrière et un sur le côté en adoptant la position d'attaque. La porte s'ouvrit brusquement et un type trapu se précipita sur le palier. La policière lui flanqua un coup de pied. L'autre se plia pratiquement en deux. Deborah passa derrière lui et lui tordit un bras.

– Reste tranquille. Je suis armée.

– J'vois bien. J'me rends, putain !

– Vas-y ! l'exhortait la mère Elide qui était revenue sur le palier, casses-y le bras !

– Madame, on est pas au cinéma ! s'emporta Deborah en tentant de calmer les instincts sanguinaires de la brave dame.

Elle attrapa le type par le col de son blouson et l'entraîna dans l'appartement de Pinocchietto avant de refermer la porte derrière eux. Elle put mieux l'observer : gras, à la limite du flasque ; complètement rasé ; barbiche noire ; toile d'araignée tatouée sur le sommet du crâne. Une tête qui ne lui était pas inconnue. Mais elle n'arrivait pas à l'associer à un de ses vieux "clients".

– Quand mes collègues arrivent vous les envoyez ici, cria-t-elle à Elide.

Offensée d'avoir été mise sur la touche, la vieille ne daigna pas répondre.

Le gros type essayait de se relever avec difficulté.

– Reste tranquille. Si tu bouges, je te tire dans une jambe. C'est clair ?

Pinocchietto était recroquevillé sur le lit, en position fœtale, tremblant et pleurnichard. Son visage était un masque de bleus et de sang : le fruit d'un passage à tabac en bonne et due forme.

– C'est qu'une balance.

– Tu t'appelles comment ?

– Calangiuri Saverio, nom de scène Mort à Crédit.

– Mais bien sûr ! réalisa Deborah. T'es le trapper, celui qui a repris la chanson de Mèche d'Or ! Maintenant tu vas m'expliquer…

– *Nun core co' la fantasia, eh*, va pas t'imaginer des trucs, hein ! Je… je peux me relever, s'il vous plaît ?

– Bouge pas.

Deborah se pencha sur Pinochietto. Vu de près, il était salement amoché.

– Tu peux me dire ce qui s'est passé ?

Pinocchietto leva un index avec peine et le pointa sur Mort à Crédit.

– Il a… tué Mèche d'Or. C'est lui.

– Salaud, balance, pourriture…

À ce moment-là les sirènes retentirent enfin. Mieux vaut tard que jamais.

43

À L'ATTENTION DE MONSIEUR LE PROCUREUR
DR MANRICO SPINORI DELLA ROCCA
SIÈGE

Objet : rapport final sur l'homicide de Stefano Diotallevi, dit Mèche d'Or, et requête contextuelle d'adoption de mesure de détention envers SAVERIO CALANGIURI et TUDOR FELICI, voir détails à la rubrique des coordonnées.

(*omission*)
(*omission*)

Le 7 novembre dernier, aux alentours de 21.00, M. Gilberto Mangili, alors qu'il était au volant de l'automobile Iso Rivolta Fidia immatriculée… appartenant à Stefano Diotallevi, connu sous le nom de scène Mario Brans, surnommé Mèche d'Or, perdait le contrôle du véhicule en venant s'écraser contre les murs qui délimitent la via delle Fornaci, numéro 75. Dans de telles circonstances, tandis que Stefano Diotallevi, qui se trouvait sur le siège passager, perdait la vie, le conducteur Mangili subissait des blessures légères visées à l'annexe 1 du présent acte. Mangili déclarait ne pas pouvoir expliquer la raison de l'accident, compte tenu des parfaites conditions d'entretien du véhicule (annexe 2). Presque dans l'immédiateté de l'événement, par ailleurs, ce qui était apparu comme un accident se révélait un homicide, qualification qui devait être confirmée par le fait que la perte de contrôle de la Fidia était due à l'endommagement du tuyau des freins apparemment scié. D'après les expertises techniques rapidement effectuées il apparaissait que le sabotage n'avait pu être effectué que dans un laps de temps très proche de l'événement-mort (ann. 3). Cela restreignait le champ d'investigation aux sujets qui pouvaient avoir eu accès au véhicule aux moments qui avaient précédé l'accident mortel. Il ressortait par ailleurs que, compte tenu des modalités de la conduite (endommagement des freins), il était d'une part invraisemblable que la cible puisse être identifiée comme M. Mangili, et d'autre part hautement probable, sinon certain, que l'auteur inconnu de l'attentat ait précisément visé le défunt Diotallevi, personnalité aux activités éclectiques accompagnées, par le passé, d'un grand succès public et critique (ann. de 4 à 17). Ainsi, à la suite d'écoutes aussi bien téléphoniques qu'environnementales (ann. de 18 à 35) étaient identifiés plusieurs sujets qui auraient pu commettre l'homicide, et on en supposait également le mobile : la vengeance pour des torts, réels ou présumés, subis dans le passé et causés par la victime (ann. de 36 à 44). Des enquêtes ont donc été menées sur (*omission*) et même si certaines de ces positions, en particulier (*omission*) offraient des profils critiques, les indices apparus à charge de ces derniers ne possédaient pas les postulats de gravité, d'unité et de concordance visés à l'art. 192 du CPP, ni ce qui concerne l'adoption de mesures de détention qui, en fait, ne devaient pas être demandées (ann. de 45 à 75).

Alors que des enquêtes de grande envergure avançaient, il résultait, d'après les rapports du médecin légiste, le prof. Augusto Maria Gatteschi, que la victime présentait, au moment du décès, des traces massives de récente et moins récente ingestion de cocaïne (ann. 76). Le fait était d'une importance absolue, si on considère que la victime jouissait d'une image publique d'opposant acharné au phénomène des stupéfiants (ann. de 77 à 85). Au cours de l'activité investigatrice, la soussignée avait eu connaissance du fait que M. Tudor Felici, repris de justice pour délits de drogue (ann. 86), travaillait pour les studios télévisés qui avaient accueilli la dernière apparition de la victime, quelques minutes avant son décès, studios qui se trouvaient à proximité du lieu où était garée l'Iso Rivolta dont les freins auraient été sciés. Il pouvait donc devenir d'une certaine importance, également dans le contexte des enquêtes sur l'homicide, d'établir si Tudor Felici, alias Pinocchietto, pouvait être le fournisseur de drogue de la victime, et, donc, avoir eu connaissance de détails sur sa vie qui auraient pu se révéler utiles pour le repérage de l'assassin (ou des assassins). Mais Felici s'est éclipsé, rendant impossible, pendant quelques jours, de l'entendre. La soussignée a continué les recherches, jusqu'à ce que, dans la soirée du 18 novembre dernier, grâce au signalement d'une témoin déjà précédemment contactée (ann. 87), elle se rende jusqu'à l'habitation du suscité et, avec l'aide de la Patrouille Serenella, procède à l'arrestation de Felici et d'un certain Saverio Calangiuri (ann. 88). Au moment de l'intervention, décrite dans le rapport d'arrestation visé à l'annexe qui vient d'être indiquée, Felici présentait les lésions rapportées par les médecins urgentistes de l'hôpital San Giovanni (ann. 89), tandis que l'appartement était littéralement sens dessus dessous. Peu de temps après, Felici faisait des déclarations spontanées (ann. 90), confirmées et précisées par la suite devant votre seigneurie en présence de l'avocat commis d'office (ann. 91). On juge opportun de reproduire synthétiquement ce qui est déclaré par le sujet :

depuis le 20 septembre… il a été engagé comme runner, c'est-à-dire attaché à des fonctions exécutives, par la société de production qui, parmi d'autres activités, s'occupe du programme télévisé *Nouvelle Star* ;

le programme consiste en un concours qui voit s'opposer des chanteurs débutants ou qui n'ont en tout cas à leur actif pas plus d'un disque, lesquels se défient en exécutant des morceaux inédits de leur composition exclusive ;

la victime avait fait partie du jury les années précédentes ;

le 1er octobre dernier, donc un mois avant l'accident mortel, Diotallevi avait été l'invité de *Nouvelle Star*, ce qui arrivait souvent ;

il avait ainsi eu l'occasion de rencontrer, dans les coulisses, Calangiuri, c'est-à-dire Mort à Crédit ;

non seulement ils ne se connaissaient pas, mais Calangiuri avait enregistré, quelques années auparavant, une chanson qui avait recueilli un certain succès. Il s'agissait de "Avec tes yeux de chatte", un morceau de Diotallevi (Disque d'or en 1966), que Calangiuri, sous le nom de scène de Mort à Crédit, avait dépoussiéré, naturellement dans une version revue et corrigée dans l'esprit de l'époque ;

en revoyant Diotallevi, Calangiuri lui proposait une nouvelle collaboration, que Diotallevi refusait, en expliquant qu'il n'avait pas l'intention de retravailler avec "un bandit pathétique, un décérébré, un animal" comme Calangiuri ;

entre Diotallevi et Calangiuri se développait donc une véritable querelle ;

Tudor Felici passait à ce moment-là dans le couloir où se trouvaient les deux adversaires, et, entendant les voix agitées, s'arrêtait, sans être vu, pour écouter ;

constatant que la querelle se déroulait entre un personnage connu – Diotallevi – et quelqu'un qui avait en tout cas fait parler de lui – Mort à Crédit –, il la filmait en cachette avec son smartphone, en se promettant de la poster ou peut-être de la vendre à quelque site de potins (sur ce point, Felici s'est contredit).

NB. La soussignée a visionné la vidéo en question. La qualité des images est décente, même si elle n'est pas excellente. On voit clairement Calangiuri avancer en tendant les poings d'un air menaçant vers Diotallevi, qui se retrouve adossé au mur et paraît assez effrayé. Voici le texte de la scène dans ses expressions les plus significatives : Calangiuri : Je vais te démolir, connard, mais comment tu oses. Diotallevi : Ce n'est pas de ma faute si tu ne sais pas chanter. Calangiuri : T'étais mort, t'es ressuscité, plus personne se souvenait de toi, t'étais un cadavre. Diotallevi : Mon morceau est la seule chose pour laquelle on se souviendra de toi et tu l'as estropié. Calangiuri : C'est toi que je vais estropier, encéphalitique de merde. Diotallevi : Essaie seulement. Calangiuri : Fais gaffe, pauvre merde, un accident est si vite arrivé. Diotallevi : J'appelle la sécurité, dégage. Calangiuri : Appelle qui tu veux, un de ces jours je vais te couper les freins et alors bye bye baby !

Dans la vidéo apparaît donc une menace directe et explicite de vengeance en recourant exactement au même moyen qui, peu de temps après, à peine plus d'un mois, causerait l'accident mortel : le sabotage des freins.

Poursuivant ses déclarations, Felici affirmait que sur le moment il n'avait pas prêté attention à l'événement, mais que plus tard, après avoir appris par les réseaux sociaux que le chanteur était mort suite à un faux accident, il avait eu peur et avait fui pendant quelques jours, rentrant à Rome seulement après que les réseaux sociaux avaient annoncé que les enquêtes pour homicide concernaient d'autres sujets.

Felici était convaincu d'être en sécurité, mais ce n'était évidemment pas le cas, car à son retour chez lui, après quelques jours d'absence, il avait trouvé Calangiuri en train de l'attendre, ce dernier, craignant d'être dénoncé, l'avait recherché et agressé pour que Felici lui remette son smartphone et qu'il le brise.

Effrayé par les menaces et la supériorité physique de l'agresseur, Felici lui avait remis le smartphone et Calangiuri l'avait en effet brisé (ann. 92, enveloppe jaune avec des fragments de métal et une batterie éraflée), mais était ensuite devenu suspicieux et, craignant que Felici ait fait des copies de la vidéo, avait continué à le rouer de coups.

Calangiuri n'avait pas tort, car en effet Felici avait transféré deux copies de la vidéo vers deux smartphones achetés les jours suivants, permettant ainsi à la soussignée de visionner la vidéo. Les deux appareils sont sous scellés (ann. 93).

En ce qui concerne Calangiuri, avant d'être conduit aux bureaux pour formaliser l'arrestation en flagrant délit (initialement, l'hypothèse était celle de lésions aggravées, violation de domicile, menaces, violence privée aggravée, tentative d'extorsion), il avait exhorté la soussignée à soulever le tapis présent sur le sol de l'habitation de Felici. La soussignée agissait dans ce sens, tandis que Felici montrait des signes croissants de nervosité. La soussignée notait la présence d'une planche imparfaitement collée au sol, et essayait de la soulever. Apparaissait ainsi à la lumière un interstice à l'intérieur duquel la soussignée découvrait une enveloppe pesant environ deux cents grammes et contenant de la poudre blanche qui, soumise au narcotest, se révélait un mélange de cocaïne, lidocaïne et mannitol avec un taux de pureté de 37 %. Felici était donc également arrêté pour détention à des fins de deal, et, compte tenu de son état de santé précaire, temporairement confié à l'hôpital Sandro Pertini dans le service réservé aux détenus (ann. 94-95).

La soussignée a mené d'autres activités investigatrices dont il a résulté que ni la veuve, Bukaci Alina, ni la fille, ni le beau-fils n'avaient connaissance (selon leurs dires) des menaces subies par le parent. M. Mangili n'en n'avait pas non plus connaissance : le 1er octobre il était en vacances (circonstance confirmée) et par la suite son employeur ne lui a nullement parlé de cette histoire. M. Cuffari, manager du défunt, a en revanche admis en avoir eu connaissance par la victime, mais l'avoir rassuré, car le caractère violent et agressif de Calangiuri est, selon ses dires, connu dans le milieu, mais qu'il s'agit (expression textuelle) du classique "chien qui aboie mais ne mord pas" (ann. de 96 à 100). Selon l'avis de la soussignée, la réticence de ce témoin est due au fait que Calangiuri fait partie de son "écurie" d'artistes. On dénonce donc Cuffari pour les délits de fausses déclarations à l'Autorité en faveur de Calangiuri.

Comme on le sait, dans cette phase des enquêtes Calangiuri a fait valoir son droit de garder le silence. Il a cependant fait parvenir à la soussignée une lettre depuis la Maison d'arrêt de Rebibbia Nouveau Complexe dans laquelle il confirme sa non-implication dans les faits, et accuse Felici de l'avoir fait chanter en le menaçant de divulguer la vidéo. Selon ses dires, Felici fournissait de la drogue à beaucoup de gens du spectacle. Il écrit textuellement "c'est vrai que je suis allé chez lui quand sont sorties les informations qu'il y avait des enquêtes sur les autres, pour dire que j'en avais marre de payer et qu'il devait me rendre la vidéo et ma liberté. Je me repens de ce que j'ai fait mais je ne suis pas un assassin" (ann. 103). La soussignée a vérifié qu'en date du 15 novembre Felici a versé en espèces un acompte de 12 750,00 € pour l'acquisition d'une automobile Audi Q4 (ann. 106). Compte tenu des véritables possibilités financières du sujet, on pense qu'au moins une partie de cette somme provient effectivement de l'activité d'extorsion mise en œuvre envers Calangiuri.

Enfin, on communique qu'en date d'aujourd'hui la soussignée a veillé à entendre Mlle Marta Greco, secrétaire de production qui s'occupe de la réalisation et de la diffusion de l'émission *Nouvelle Star*. La suscitée a confirmé avoir rencontré le mis en examen Calangiuri aux alentours des studios de la via Poerio le soir du crime. La témoin est certaine de l'identification, s'agissant d'une personne qu'elle connaissait déjà précédemment.

On demande donc que votre seigneurie veuille bien demander à M. le juge d'instruction de garde de délivrer un mandat d'arrêt à l'encontre de (*omission*) pour les délits d'homicide avec préméditation, tentative d'homicide (à l'encontre de Gilberto Mangili), extorsion, tentative d'extorsion, vente de stupéfiants (*omission*).

Insp. Deborah Cianchetti

44

– Je n'écris pas vraiment comme ça, fit remarquer Deborah en rendant le rapport à Manrico.

– Je dois avouer que j'ai pris quelques libertés. Par exemple: "briser" et "brisé" sont préférables à "broyer" et "broyé". "Fut" s'écrit sans accent. L'affaire retombe sous l'"égide", selon l'usage, et pas "l'égidre"... "homicidiaire" est un horrible gallicisme, qui n'existe pas dans notre belle langue, "homicide" est sans conteste beaucoup mieux. Je fais passer le nom avant le prénom pour une question purement esthétique. Je vous ai enlevé tous les "le" et "la": le Diotallevi, le Calangiuri... cet article dépersonnalise le mis en examen, il le prive d'identité, il le transforme en un objet docile entre les mains de l'inquisiteur, c'est un héritage archaïque de l'époque où les interrogatoires étaient menés avec la corde et où dans les cachots résonnaient les bruits sourds des grilles et des chaînes...

Alors, elle avait fait autant d'erreurs? Elle était si ignorante que ça, bon Dieu? Le concours de commissaire était dans un an. Elle ne l'aurait jamais.

– Quoi qu'il en soit, je serais heureux de vous donner un coup de main pour améliorer, parce que l'étoffe est là, l'encouragea le procureur, l'affaire est exposée avec lucidité et cohérence, et vous ne vous êtes pas attardée sur ce qui n'était pas nécessaire...

– Mais vous avez écrit une chose inexacte, *dottore.*

– Laquelle?

– Je n'ai pas remué ciel et terre pour chercher Pinocchietto... ça m'est tombé dessus par hasard.

– Cianchetti, le hasard joue un rôle décisif dans presque toutes les histoires humaines. Rien n'arrive tout à fait par hasard – si vous me permettez de jouer sur les mots. Mais les juges se méfient du hasard, le hasard leur déplaît souvent. Il dérange leurs certitudes, mine la base logique, ou présumée comme telle, de leur pensée. Enfin je dirais que cela vous fait apparaître sous un meilleur jour.

– *Dottore*…

– Je vous écoute.

– Cette patrouille Serenella.

– Oui ?

– En réalité elle s'appelle Patrouille 1950. Vous savez, à cause de la chanson.

– Là je ne vous suis pas, Cianchetti.

– La chanson d'Amedeo Minghi, "1950", qui est dédiée à sa mère, qui s'appelle Serenella. C'est un jeu de mots, *Serenella, 1950*…

– Je me rends. On corrigera. En tout cas, vous avez fait un très bon travail.

– Merci. *Dottore*, je peux vous poser une question ?

– Bien sûr.

– D'après vous, ils vont le condamner ?

Manrico n'éluda pas la question. Probabilités de solidité du faisceau d'indices concordants : élevées, très élevées. Ce qui jouait en défaveur du trapper étaient la présence, l'occasion, le mobile, l'absence (du moins pour le moment) d'alibi, et surtout cette menace concrète, directe : je vais te tuer, et je vais te tuer en sabotant les freins. Le faisceau d'indices concordants était robuste. Sa personnalité semblait être taillée sur mesure pour provoquer l'indignation du jury populaire. Pas très sympathique, le type. Calangiuri, d'origine calabraise, transplanté à Rieti, venu à Rome pour poursuivre son rêve musical. Antécédents de bagarre et de tentative de vol. Ignorant comme une carpe. Quand Manrico lui avait demandé le pourquoi de son nom de scène, il s'était gratté son crâne rasé et avait soufflé : "Bah j'sais pas, une fois chez un bouquiniste j'ai vu un livre, et y avait ce titre, *Mort à crédit*, et ça m'a bien plu, pourquoi, ça veut dire quoi ?" Manrico avait secoué la tête. C'était par ailleurs la seule question à laquelle il avait accepté de répondre.

Sur Internet, en revanche, certains prenaient sa défense. Et son dernier morceau suscitait même un certain engouement : *Viens là poupée | je vais te faire planer | j'ai le meilleur produit | c'est de la bombe chérie | je suis un cheval de race | je nique tout dans la place | la coke me rend marteau | je vais te rendre dingo | et toi arrête de mater | avec ta gueule de raie | je vais te fracasser | je vais bien kiffer | mais va chier | hey tronche de zébu / ne me regarde plus…* et ça continuait comme ça sur quatre couplets, sur une base élémentaire. Et le clip : un mélange d'hébétude et de fausse révolte de jeunes. Et le zozotement. Manrico avait envoyé un message provocateur à son fils Alex : "Toi qui connais la culture jeune, le zozotement est vraiment nécessaire pour faire du rap et du trap ?" La réponse avait été un émoji indigné accompagné d'une phrase lapidaire : "Le mec qui est en taule n'a rien à voir avec la culture jeune." Mais Alex n'était pas une référence. Lui, il aimait Nick Drake. Les réseaux sociaux aimaient Mort à Crédit. Qui serait inexorablement condamné. C'est ce qu'il répondit à Cianchetti.

– Il est foutu.

– Alors l'affaire est résolue.

– Vous croyez ?

– Pourquoi, il y a des doutes ?

Manrico libéra Cianchetti sans répondre et signa la demande de détention provisoire que le juge d'instruction accepterait certainement. Le problème était que tout le monde se demandait s'il serait condamné. Et que personne ne se demandait plus s'il était coupable. Pas même les juges. Le procès était un ring. C'était le plus convaincant qui gagnait, le plus habile et celui qui avait le moins de scrupules, celui qui savait jouer ses meilleures cartes. Pas celui qui avait raison. Mort à Crédit était ignorant et détestable : mais était-il vraiment coupable ? Quand il lui fit part de ses doutes, le procureur Melchiorre lui rit au nez.

– Qu'est-ce qu'il y a, il te manque les aveux ? On n'est plus à l'époque de Torquemada.

– Le faisceau d'indices ne s'appuie que sur la menace, parce que les autres éléments sont identiques à ceux de la veuve et du frère.

– Mais, comme tu viens de le dire, il y a la menace. Spécifique. Donc, il est coupable.

– Tu en es certain ?

– Absolument certain. Et je ne m'arrêterais par sur des détails.

– Parfois je me demande si tu agis en fonction de tes convictions ou si tu crées des convictions en fonction de tes actions.

– Ce qui veut dire que tu m'accuses d'être indifférent à la vérité ?

– Plus ou moins.

– Mais, mon cher, ce n'est pas moi qui le suis. C'est le code. Et la société. Une condamnation apaise l'opinion publique, renforce le prestige de la magistrature, plus encore si la peine est proportionnée, sans piétisme. Je compte sur toi : quand tu iras à l'audience, essaie d'arracher la perpétuité.

– Je ne suis pas sûr d'aller à l'audience.

– Là tu es fatigué. Mais tu changeras d'avis.

– Je ne suis pas sûr qu'il soit coupable.

– Nous sommes tous coupables et tôt ou tard nous paierons tous pour quelque chose. C'est au tour de Mort à Crédit. Et, crois-moi, c'est très bien comme ça.

Ça s'appelait de la "pensée cynique". Manrico ne s'y ferait jamais. D'un certain point de vue, d'ailleurs, la position de Melchiorre et de Cianchetti était inattaquable. Qu'est-ce qui pouvait s'opposer à la solidité des motifs, à part une sensation ? Il pouvait peut-être se mettre à crier comme un fou à l'arrêt du bus : il me manque l'opéra de référence, je n'ai pas trouvé le bon mélodrame ? Il était plongé dans ses plus sombres réflexions lorsque Maria Giulia l'appela.

– Enfin.

– C'est agréable de se sentir désirée. Félicitations. Tu es dans tous les journaux. Tu as résolu l'affaire Mèche d'Or.

– J'aimerais te voir.

– Moi aussi, sinon pourquoi je t'appellerais de Vienne ?

– J'adore Vienne.

– Si tu fais allusion à cette fameuse tarte au chocolat, notre histoire s'arrête là.

– Un jour j'ai assisté à un *Werther* de Massenet très honorable au Staatsoper.

– C'est déjà plus acceptable. Mais je ne suis pas ici pour le plaisir, mon cher.

– Le travail ?

– Chacun a ses affaires à résoudre. Y compris les affaires personnelles. Demain soir un ami fête son anniversaire. Il y aura de la musique. Je voudrais y aller avec toi.

– Je ne demande pas mieux.

45

S'il y avait encore quelque chose à creuser dans cette histoire, l'indice caché, le ver dans le fruit ne pouvait qu'être tapi dans le passé. Il reprit tous les documents.

Il commença par l'enveloppe jaune, celle qui était arrivée en dernier et qu'il n'avait pas encore ouverte. Le compte rendu de la Scientifique sur le tuyau scié. Mais il ne lui sembla pas contenir de nouveauté particulière. Il lut et relut, chercha des recoupements, avança des hypothèses. Parfois il avait un sentiment étrange. Comme si l'indice décisif était entre ses mains mais qu'il n'arrivait pas à le saisir. Il revenait en arrière, réexaminait un détail déjà scruté des dizaines de fois, il croyait avoir trouvé le nœud de l'affaire puis se perdait dans un chemin périphérique et tout redevenait nébuleux. Ou peut-être trop clair : c'était le rapper, ou le trapper, peu importe comment ça s'appelait, et l'affaire était résolue. Se fier à son intuition était donc un exercice stérile ? Et l'opéra, pourquoi l'opéra ne venait pas à son secours ?

Il se dit que, si la soirée prenait bonne tournure, il pourrait en toucher un mot à Maria Giulia. Sans entrer dans les détails. Seulement les grandes lignes. Il l'avait souvent fait avec Adelaide et elle le lui avait parfois reproché, l'accusant de ne pas savoir prendre de distance. La justice était presque toujours imparfaite et la vérité à laquelle on arrivait était la vérité "humainement possible". C'est ce qu'avait dit Alfredo Rocco, fasciste, mais intelligent et pragmatique. Pour Manrico, cependant, le vieux dicton était toujours valable : plutôt cent coupables en liberté qu'un seul innocent en prison. Un acte de foi qui le faisait parfois douter d'avoir choisi le bon métier. Le soir était tombé. Il restait moins de trois quarts d'heure avant le rendez-vous avec Maria Giulia. Sa mère le surprit en train d'essayer un costume sombre et d'hésiter entre une cravate Marinella d'un bleu nuit classique et une Diane De Clercq fuchsia.

– La fuchsia, c'est plus inventif. Tu es très beau, mon fils. Ce soir nous aurons très belle allure, toi et moi.

– Ce soir nous ne serons pas ensemble, maman, j'ai un autre programme.

– Ne dis pas de bêtises, ce soir nous serons ensemble, toi et moi !

Mais pourquoi ? Une occasion particulière ? Un anniversaire ? Quoi ? Il demanda de l'aide à Camillo.

– C'est l'invitation à la soirée au palais Vittoriani Del Sacrario, monsieur le petit comte.

– Je vois.

Il retourna voir sa mère. Elle était parée d'une longue robe de velours violet. Et d'un collier qui avait appartenu à une ancêtre du XVIIIe siècle, une des rares reliques ayant survécu à sa ludopathie. Elle se contemplait dans le miroir. Des vestiges d'une fierté ancienne dans la lueur de son regard.

– Maman, le marquis Vittoriani et toi ne vous parlez plus depuis trente ans.

– Justement. Un silence qui n'a que trop duré, tu ne trouves pas ?

– Et c'est précisément ce soir que tu as décidé de le rompre !

– C'est une occasion particulière.

– J'aimerais en savoir plus.

– Tu verras. Il y aura aussi Maldonati Diodati, le baron Musa, le vieil ambassadeur Pertinenza.

– Tu détestes ces gens. Comment les as-tu appelés, un jour ? Une bande de dégénérés avec une dotation neuronale proche de zéro… Qu'est-ce qui t'a fait changer d'avis ?

La comtesse tourna gracieusement sur elle-même, prit appui sur la coiffeuse pour ne pas tomber et planta son regard de feu dans les yeux de son fils.

– Qu'est-ce qu'il me reste, Manrico ? Une bande de vieillards hargneux et moribonds, comme moi. Qu'est-ce qu'il me reste d'autre, étant donné que mon fils m'a même privée des dernières joies de l'existence ?

Qui auraient ensuite consisté au plaisir de tous se retrouver à dormir sous les ponts. Mais amen. Il était coincé. Par la pitié et par son incapacité à prendre une position tranchée. Cette maudite inclination pour le compromis. Choisir le moindre mal. Ménager la chèvre et le chou. Flirter avec le frisson et faire plaisir à maman.

– D'accord. Allons-y.

Il téléphona à Maria Giulia. Répondeur. Il laissa un message d'une voix embarrassée : un impératif, urgent, en rapport avec l'affaire. Il s'excusait. Il comptait se libérer sans doute dans quelques heures. Qu'elle le rappelle, il lui en dirait plus de vive voix. Il ne s'était pas senti de lui révéler la raison du "lapin". Le quinquagénaire fourré dans les jupes de sa mère évoquait des scénarios catastrophiques. L'extinction de toute lumière érotique. Maria Giulia ne répondit pas. Et quand il essaya de la rappeler, il buta sur le mur de la connexion impossible. Il avait commis un gros impair.

La soirée fut un cauchemar de caryatides, de nourriture médiocre, de silicone et d'insultes à tout ce qui sentait le progrès. Une parade de défenseurs du trône et de l'autel qui savaient très clairement qui étaient leurs ennemis, à commencer par le pape François, un infiltré du Kremlin à Saint-Pierre. Sa mère, étincelante comme si la rencontre avec ces morts-vivants lui avait soudain ôté la moitié de ses années, s'amusait à les provoquer. Le tsar était revenu au Kremlin. On était en train d'étudier une nouvelle formule pour ressusciter le duce, en partant des ongles de pied. Pourquoi avoir peur du *gender* quand vos aïeux étaient pour moitié des invertis et pour l'autre des impuissants? Moi aussi je serais restée royaliste, si au lieu des Carignano j'avais eu les Windsor. Et eux, les vieillards, encaissaient en grommelant mais étaient au fond ravis: si Elenuccia rentre au bercail après trente ans, ça signifie que quelque chose est en train de changer dans le monde, et dans le bon sens.

Manrico souriait poliment et faisait mine de ne pas saisir le sens des tirades les plus grossières de cette congrégation de déments. Et il devait aussi faire mine de ne pas s'apercevoir des regards mi-affectueux, mi-ironiques qu'on lui décochait. Une sorte de bienvenue implicite adressée au fils prodigue. Ces regards disaient: Elena revient, tu reviendras aussi. Parce qu'au fond tu as toujours été des nôtres. Manrico en ressentait le poids, et aussi le danger. Peut-être pouvait-il renier ses origines? Était-il encore prêt à se battre pour se sentir différent d'eux? Mais s'était-il vraiment battu ou avait-il seulement joué au petit comte démocratique, reportant sine die la confrontation avec ses propres contradictions? Bon, en tout cas il n'était pas encore prêt.

Quoi qu'il en soit, sa mère lui avait vraiment joué un très mauvais tour. Le téléphone de Maria Giulia était constamment sur répondeur. La soirée se prolongeait au-delà du raisonnable: ils s'étaient bourrés d'excitants, les zombies, pour résister aussi longtemps à Morphée? Enfin, le prince centenaire Romani di Francavilla prit congé en chancelant sur ses fragiles gambettes, et en s'inclinant, au risque de se fracturer les lombaires, accompagna son baisemain d'une allusion légèrement impudique à "Bella figlia dell' amore..."

– Ah, Elena, Elena, pourquoi n'as-tu jamais été mienne?

– Parce que, Erasmo, répliqua vivement sa mère, compte tenu de notre différence d'âge, je pourrais vraiment être ta fille, et j'éprouve quelque défiance envers l'inceste.

– Ah ah, comme j'aime tes sarcasmes. Alors disons que tu es ma fille perdue.

Stop. C'en était trop. Il enleva littéralement la comtesse et, après l'avoir raccompagnée chez eux, s'en remit au fauteuil damassé, au chocolat fondant et au whisky tourbé. Mais quelque chose devait avoir creusé dans son inconscient, car – mais cela il pourrait le comprendre seulement après, une fois la chose faite – ce ne fut pas par hasard s'il fit tourner sur la platine un *Rigoletto* de 1955, avec Di Stefano, Tito Gobbi, Nicola Zaccaria et naturellement Elle dans le rôle de Gilda. Comme il aimait cet opéra !

Tandis que les notes s'élevaient, tantôt sombres, tantôt aériennes, Manrico se replongea dans les papiers. Une photographie vieille de vingt ans montrant, aux côtés d'un Mèche d'Or déjà grisonnant, une fille maigre avec une sorte de sourire courroucé. Son nom est Barbara. Le rapport de la police scientifique. Mince. Mais essentiel. Principe d'échange de Locard. Double transfert. "Courtisans, race vile et damnée, chante Tito Gobbi, à quel prix avez-vous vendu mon bien…" Des filaments de toile de jute dans le tuyau tranché par l'assassin. Rigoletto traîne un sac de jute en croyant qu'il contient le cadavre de Duca alors que c'est sa Gilda qui s'y trouve. Le père Brahim et les sacs en toile de jute fabriqués par les hôtes de la communauté. Le sac en toile de jute d'un petit homme profondément blessé. L'opéra ne ment pas. Oui, vengeance, terrible vengeance. Maintenant il savait qui était sa Giulia, et qui était son Rigoletto.

46

Une petite pluie fine tombait drue sur le petit cimetière de Monteampio. Sur la place devant l'unique entrée, à peine une ouverture creusée dans un mur blanc et nu, une Up grise était garée. Protégé par un ciré, un Arabe d'âge moyen avait disposé sur le plateau d'un fourgon quelques plantes et l'habituel assemblage de luminaires qui rythme la chorégraphie de la piété envers les défunts. Manrico frissonnait dans son manteau bleu foncé. Il n'avait pas de parapluie mais était protégé par un borsalino modèle Marengo Fedora qui avait appartenu à son père (mais lui, Manrico, le portait avec plus de désinvolture). Il acheta un bouquet de fleurs en laissant un euro de pourboire et s'avança.

Si seulement cette pluie pouvait laver ce sentiment de malaise. Et la pitié. Surtout cette maudite pitié. Il trouva Mangili dans une petite chapelle sans enseigne. Il était en train de passer la serpillière sur le sol en marbre jaspé. Manrico entra. Il enleva son chapeau et lui adressa un léger salut. Mangili ne sembla pas faire attention à sa présence. Un des murs supportait une console couverte de plantes et de fleurs fraîches. Une photo en couleur de format ovale montrait le visage souriant d'une jeune femme blonde. Barbara Mangili, 1985-2010. La jeune femme de la photo qu'il avait vue la veille, lorsqu'il écoutait *Rigoletto*. Le procureur posa une main sur l'épaule de l'homme, toujours penché sur sa serpillière.

– C'est pour elle que vous avez fait ça, n'est-ce pas, Mangili ?

Mangili se redressa avec un doux sourire.

– Je viens ici tous les jours. Je change l'eau des fleurs, je veille à ce qu'il y en ait toujours des fraîches, que tout soit en ordre. Vous savez, je n'ai personne, je suis seul, alors c'est moi qui dois penser à tout. Ma femme est partie trop tôt.

– Mais elle n'est pas ici, je ne la vois pas.

– Elle était de Gênes. Elle a une sœur qui l'a emmenée là-bas, c'est elle qui s'en occupe. Mais ça fait des années que nous ne nous voyons plus.

– Mangili…

– J'apprécie que vous soyez venu la voir, monsieur le juge. Ma Barbara. Vous avez vu comme elle était jolie ?

– Je voudrais vous raconter une histoire, si vous le permettez.

– Je peux vous demander un service ? demanda Mangili en lui tendant un arrosoir en plastique rouge. Là-bas derrière il y a une petite fontaine. Ça vous ennuierait d'aller me chercher un peu d'eau ? Merci.

Il ne sut pas lui dire non. Il repéra la fontaine. Quelque imbécile en veine de plaisanterie avait bouché le robinet avec un chewing-gum. Il réussit avec peine à libérer la tuyère. Il remplit l'arrosoir et le rapporta dans la chapelle. Mangili, avec un chiffon immaculé, lustrait la photo.

– Depuis le début, commença Manrico, quelque chose sonnait faux dans cette histoire. Et quand je dis sonner faux, monsieur Mangili, je parle d'une chose très précise. Je fais référence à mon obsession pour la musique. Pour l'opéra, plus exactement.

– Moi, au maximum, j'écoute Sanremo, murmura l'autre toujours avec douceur, d'un ton calme, je n'ai pas fait d'études.

– Ce n'est pas une faute, croyez-moi.

– Merci.

– Si faute il y a, c'est celle de remplacer la justice par la vengeance. Je sais que ces deux concepts peuvent sembler très proches, mais en réalité il y a une grande différence entre les deux. Mais si vous avez un peu de patience, nous allons y venir.

– J'ai tout mon temps, monsieur le juge. Et puis Barbara sera contente d'avoir un peu de compagnie.

Un froissement d'ailes les détourna un instant de la conversation. Un oiseau, peut-être un passereau, était entré dans la chapelle. La bestiole fit un tour de reconnaissance et recouvra sa liberté.

– Les motivations, Mangili, les motivations. La cause. Le mobile. La veuve, le fils, la jeune maîtresse… ils avaient tous des raisons d'en vouloir à Mèche d'Or. Mais c'étaient des raisons sordides, misérables, mesquines. Des raisons qui correspondaient aux personnes sordides, misérables, mesquines qu'ils sont. Un crime d'aujourd'hui, à première vue. Sordide, misérable, mesquin comme l'époque à laquelle nous vivons. Mais pour arriver à découvrir toute cette saleté, il a été nécessaire de faire s'effriter la carapace de respectabilité dont la victime s'était entourée. Il se montrait rassurant, bon père de famille, et c'était un séducteur. Il menait campagne contre la drogue et était toxicomane. Il manipulait. Sa vie s'est révélée un trompe-l'œil, pourquoi sa mort ne l'aurait-elle pas été aussi ?

– Je ne suis pas sûr de comprendre tout ce que vous me dites, *dottore*.

Mangili se frottait les mains. Comme s'il avait froid. Ou comme s'il était en proie à une nervosité difficile à contrôler.

– Oh, non, moi je crois que vous comprenez très bien. Peut-être que quelques mots vous échappent, mais ne vous en faites pas. Une tromperie. Je veux dire qu'il s'est agi d'une tromperie, d'une mascarade. Des motivations misérables ont émergé et pourtant le vrai motif était noble, grave. Il avait à voir avec la douleur causée par une perte irréparable. Avec l'incapacité de se résigner à cette perte. Je parle de la perte d'une fille, la pire tragédie qui puisse s'abattre sur un père. Je parle de vous, Mangili, de vous et de Barbara. Et dire que la vérité était sous mes yeux depuis le début ! Quand je suis venu vous voir chez vous et que vous…

– Moi ?

– Vous avez sorti le téléphone que vous veniez d'acheter. Vous l'avez sorti de ce sac en toile de jute, celui avec le chien brodé… Vous avez scié ce tuyau, Mangili. Vous avez tué Mèche d'Or.

– Ma petite fille est sensible, *dottore*, protesta l'homme, parlez plus doucement. Et si vous avez d'autres choses à dire qui pourraient la perturber, sortons, s'il vous plaît.

Mangili délirait ? Manrico s'approcha de la photo. La jeune fille souriait, un souffle de vent avait décoiffé ses cheveux, ses yeux étaient rieurs. Ce n'était donc pas un portrait posé mais une photo prise sur le vif. Qui sait quel âge elle pouvait avoir, à ce moment-là. Qui sait combien de temps c'était avant la dérive et la mort. Non. Mangili ne délirait pas. Mais il était comme certains acteurs qui, à force de jouer le même rôle, finissent par perdre le contact avec la réalité tellement ils s'identifient au personnage.

– Je peux m'en aller, si vous voulez. Nous pouvons reprendre cette conversation demain, à mon bureau.

– Non, non, je vous demande seulement un peu de… Je ne voudrais pas que Barbara s'agite trop, c'est tout.

Manrico soupira. Et décida de jouer le jeu.

– Vous voyez, Mangili, le gros problème de cet homicide est que nous avions plusieurs suspects mais qu'il leur manquait à tous quelque chose. Le fils et l'épouse avaient le mobile, mais comment prouver que c'étaient vraiment eux qui avaient empoigné l'outil meurtrier…

– Je ne comprends pas de quoi vous parlez.

Manrico acquiesça. Il n'était pas prêt. Pas encore. Peut-être ne le serait-il jamais. Et peut-être qu'avec quelqu'un comme lui certains pièges de caméra de surveillance ne fonctionnaient pas.

– Voyons. Le petit ami de Cetty Paternò est sorti de scène parce qu'il est le seul à avoir un alibi certain. Le trapper, Mort à Crédit, a le mobile, se trouve de façon certaine aux alentours du lieu du crime, et pour couronner le tout il se fait prendre en train d'annoncer les modalités du crime lui-même. Bon, d'accord il est manifestement idiot, mais l'est-il au point de signer l'homicide de manière aussi bruyante? Par ailleurs, en tant qu'assassin, il est soutenu par une narration convaincante. Il est méchant et hostile, et appartient au même monde que le mort. Il sauve la famille parce qu'il déplace le mobile loin du foyer sacré, et nous aimons cela, nous les Italiens. Mort à Crédit est le coupable idéal. Il formule une menace explicite et passe à l'acte. Cette menace décrit même la façon dont elle sera mise en œuvre : en sectionnant les freins de la voiture. Mèche d'Or en a parlé à une seule personne : son manager, Cuffari, mais celui-ci se tait parce qu'il est aussi le manager de Mort à Crédit. Donc nous ne saurions rien de cette menace si Pinocchietto, dealer et maître chanteur, n'en avait pas parlé. Mais… mais. J'en viens à croire que ce n'est pas à sa femme ou à sa fille que Mèche d'Or a parlé de cette menace, mais à vous, Mangili. Est-il possible qu'il ne vous en ait pas parlé, vous qui êtes la personne à qui il faisait le plus confiance?

– N'exagérons rien. J'étais son employé, *dottore*.

À bien y réfléchir, c'était la première fois que Mangili ne se cachait pas derrière sa fille et qu'il affrontait directement la question. Une petite brèche s'était donc ouverte. C'était le moment de l'élargir.

– Admettons que Mèche d'Or vous ait dit : Gilberto… Gerry… C'est vous qui m'avez dit qu'il vous appelait comme ça, n'est-ce pas?

– Oui, je l'ai dit, mais ça ne signifie pas…

– Mais bien sûr, ça ne signifie rien. À part une familiarité. Une forme élevée de familiarité. Et ça compte, croyez-moi. Dans cette affaire vous apparaissez comme la seule personne en qui la victime avait confiance. Il n'avait pas construit grand-chose, sur le plan existentiel, ce pauvre Mèche d'Or.

Il semblait qu'au mot "pauvre", Mangili ait laissé échapper un petit sourire tordu, un rictus amer. Mais il pouvait seulement s'agir d'un mouvement instinctif dû à la tension. Après tout, il venait d'être accusé d'homicide.

– Donc, admettons qu'il vous ait dit : on m'a menacé de mort. Il y a un salopard qui veut saboter la voiture… quelqu'un qui posséderait cette information, et qui déciderait de passer de la menace à l'action, oui, au fond, si vous aviez voulu tuer Mèche d'Or, à ce moment-là ce serait devenu simple : vous trafiquiez les freins, ça le tuait, et ensuite vous pouviez pointer un doigt accusateur sur Mort à Crédit. D'autre part, qui aurait pu douter un seul instant du doux, honnête, affectueux et dévoué Mangili ? Pourtant vous aviez le temps, l'occasion et le moyen d'agir…

– Pourquoi je l'aurais fait ?

– En effet il manquait le mobile.

Le petit homme déposa un baiser sur la photo de sa fille en murmurant "papa doit y aller maintenant, ma chérie" et sortit un trousseau de clés de son blouson usé.

– Si ça ne vous dérange pas, *dottore*, j'ai un entretien d'embauche.

– Je vous accompagne jusqu'à la voiture, Mangili.

– Comme vous voulez.

Ils sortirent à l'air libre. Manrico continuait à retourner son borsalino entre ses mains. Il s'était arrêté de pleuvoir. Le passereau qui était entré dans la chapelle quelques instants plus tôt avait été rejoint par sa compagne. Les deux oiseaux trottinaient sur la plate-bande clairsemée face à l'entrée de l'édifice. Mangili tira un biscuit de sa poche et l'émietta.

– Il faut bien qu'ils mangent aussi, *dottore*, non ?

Il avait dit cela presque en s'excusant. Mais il ne jouait pas. Désormais cet homme était au-delà de toute fiction et de toute vérité.

– L'homicide est un point de non-retour, Mangili. Un seuil qui marque pour toujours un avant et un après. C'est vrai pour un chef mafieux, alors vous pensez pour une personne normale comme vous. Ou comme moi.

– Vous, *dottore* ? Je ne vous vois pas comme un assassin !

– Je ne vous voyais pas non plus comme tel jusqu'à ce que je comprenne que vous aviez un mobile.

– Et ce serait quoi, ce mobile, *dottore* ?

– Allons, Mangili, nous l'avions devant nos yeux il y a un instant. Votre fille.

L'homme fit signe que non. Mais Manrico était prêt à le jurer : il avait changé d'expression, il était atteint, et perplexe. Comme si une âpre bataille se jouait à l'intérieur de lui.

– Ma fille est morte dans un accident.

– Votre fille a été renversée par un chauffard dans la soirée du 27 août 2010. Elle venait de quitter, de nuit, la communauté thérapeutique La Lumière dans la Nuit où elle était hébergée depuis quatre mois pour se désintoxiquer de l'abus de cocaïne et d'héroïne.

– C'est moi qui l'ai dit. Ça n'a jamais été un secret.

– Bien sûr. La question est ailleurs. Qui avait initié votre fille aux drogues ?

– Les mauvaises fréquentations, *dottore*.

– Une mauvaise fréquentation. Une seule. Mèche d'Or. Vous, son père, vous travailliez pour lui. Barbara voulait être chanteuse. Elle avait une belle voix. Il y a des revues de l'époque. Il y a un passage dans une émission de la Rai. Quelques vieux articles. Des photographies qui les montrent ensemble, Mèche d'Or et Barbara. Il y a même une interview dans le *Messaggero* du nouvel espoir de la chanson italienne. Puis, l'éclipse. Votre fille part vivre en communauté mais continue à se droguer. Et moi je crois que celui qui la réapprovisionne, c'est lui, Mèche d'Or...

– Non. Le *dottore* lui était proche. Même économiquement...

– Et il lui apportait la came.

– Ce n'est pas vrai.

– Au contraire. Votre fille n'avait jamais arrêté de se droguer.

Ils avançaient avec une lenteur désespérante, en s'arrêtant continuellement. Un vent brusque et gonflé de pluie balaya le rayon de soleil qui venait de faire une timide apparition.

– Mais, *dottore*, moi j'aurais pu mourir dans cet accident.

– C'est justement ce qui rend le plan parfait! Qui soupçonnerait une seconde quelqu'un qui a risqué sa peau? C'est une chose que je ne pourrais jamais expliquer en audience, parce que je suis le premier à ne pas pouvoir me l'expliquer. Et pourtant, j'en suis certain: vous avez scié le tuyau du frein, vous avez provoqué l'accident, vous l'avez tué. Et Gilda a été vengée.

Ils étaient arrivés au parking. Le vendeur arabe fumait une cigarette et parlait au téléphone dans sa langue aux sonorités âpres et brusques. Mangili se gratta la tête.

– Je ne connais aucune Gilda. Ma fille s'appelait Barbara.

– Alors disons que Barbara est votre Gilda. Écoutez-moi, Mangili. Il y a un principe scientifique qui joue contre vous. Il s'appelle le principe de Locard. Une loi. Qui dit qu'un corps au contact d'un autre transfère quelque chose de lui-même. Une empreinte, un filament, une trace, une fibre, comme dans le cas qui nous occupe. Et cette fibre se transfère à son tour sur un troisième corps avec lequel il entre en contact...

– Je m'y perds, *dottore.*

– De la toile de jute, Mangili. Les filles de la communauté fabriquent des sacs en toile de jute. Vous en possédez un. Ou peut-être plus d'un. Parce que ces sacs vous rappellent la communauté, vous rappellent Gilda. Un de ces sacs contient une scie "flex". Cette scie, lorsqu'elle se trouve dans ce sac, absorbe des fibres de toile de jute. Je vous l'explique en des termes scientifiquement imprécis, mais le concept est clair. La toile de jute passe du sac à la scie. Et quand vous utilisez cette scie pour couper le tuyau des freins de la Fidia… ces mêmes fibres passent sur le moignon du tuyau. Nous les avons trouvées, Mangili. Elles sont là. Et elles ne peuvent pas s'effacer.

Mangili actionna la télécommande de la Up.

– Je vous le répète, *dottor* Spinori. C'est une belle histoire. Mais moi…

– C'est votre histoire, mais pour la prouver j'ai besoin de votre aide.

– De mon… aide ?

L'homme se mit au volant en secouant la tête. Manrico soupira.

– Mort à Crédit n'a rien à voir avec ce crime. Il pourrait prendre la perpétuité. Vous ne devriez pas laissez faire cela, Mangili. Vous ne devriez pas laisser un innocent payer à votre place. Vous avez remplacé la justice par la vengeance, je vous l'ai dit au début de notre conversation. Vous avez vu en Mèche d'Or l'assassin de votre fille et vous avez décidé de le punir.

– Au revoir, *dottore.*

Il mit le moteur en marche. Il recommençait à pleuvoir.

Manrico mit son borsalino. L'Arabe alluma une cigarette et lui adressa un rapide salut. Un chat errant, maigre à faire peur, vint se frotter contre ses jambes. Un coup de tonnerre retentit. Mangili était encore là. Il ne partait pas. Il éteignit le moteur. Il baissa la vitre.

– *Dottore*, moi je m'en foutais de mourir. Je voulais seulement tuer ce salaud. Il m'avait enlevé la seule personne qui comptait vraiment pour moi. Barbara. Pourquoi je vivais, hein ? Vous pouvez me le dire ? Il y a eu d'autres fois où j'ai pensé le faire, mais je n'ai pas eu le courage. Parce que je suis un lâche. Je l'ai toujours été. Mais je savais que je devais le faire, ou bien je ne trouverais jamais la paix. Alors ce soir-là j'ai scié le tuyau et je me suis dit : qu'est-ce que ça peut faire. Je mourrai aussi, bien, je retrouverai ma Barbara. Et au lieu de ça j'ai été épargné...

L'Arabe s'approcha, curieux. Manrico lui fit signe qu'ils voulaient rester seuls.

– Je peux monter ?

Mangili lui ouvrit du côté passager. Manrico s'assit à côté de lui.

– Ensuite ! hurla Mangili de sa petite voix qui rappelait le cri d'une souris terrorisée. Ensuite, reprit-il plus calmement, quand je me suis réveillé, j'ai été pris d'une grande envie de vivre. Et de voir comment tout ça allait finir. Je me sentais en paix. Ce fils de pute avait eu ce qu'il méritait. La vie pouvait recommencer... Mais peu à peu la douleur est revenue. Et avec la douleur, la culpabilité. Parce que je dois vous avouer une chose, *dottore*. Tout ça, c'est ma faute. C'est moi qui suis la cause de tout ça. C'est moi qui devais payer. Mais la mort n'a pas voulu de moi. Qu'est-ce que je peux y faire, hein, vous pouvez me le dire ? Même la mort n'a pas voulu de moi.

Manrico se taisait. Il avait mis son chapeau sur ses genoux et il se taisait. Son silence était le meilleur encouragement pour l'autre homme.

– C'est moi qui ai présenté Barbara à Diotallevi. C'est comme si je l'avais pour ainsi dire mise dans son lit. Et je ne voyais pas, vous savez, je ne voyais pas parce que je ne voulais pas voir. J'étais aveugle. Je pensais : elle est brillante, elle aura de la chance. Tout ça est juste. Elle le mérite. Je pensais : le *dottore* est bon, le *dottore* est un ami… un ami ! Ce porc l'a mise dans son lit et ensuite il a commencé à lui donner de l'héroïne, de la cocaïne, tout ce qui pouvait l'intoxiquer. Mais ça, vous savez, ça je l'ai su après, à l'époque je ne m'étais rendu compte de rien, de rien !

De plus en plus excité, Mangili agrippa Manrico par le bras et commença à serrer.

– Quand Barbara a été mal, il a donné de l'argent pour la soigner, et quand elle est morte… *dottore*, murmura soudain Mangili, c'est lui qui l'a renversée cette nuit-là, vous savez ? Barbara s'était échappée pour aller le retrouver, ils devaient se shooter, ma petite fille lui avait fait confiance, elle continuait à lui faire confiance… mais il était pressé et elle était un peu en retard. Alors il est reparti à toute vitesse et… *bam*.

– Quand avez-vous décidé de… le faire ?

– Je ne sais pas. L'idée est arrivée petit à petit.

– Comment ? Soyez plus clair.

– Le soir où je me suis décidé a été le soir où ce type, le chanteur, Mort à Crédit, l'a menacé de mort. Le lendemain Brans est allé donner l'argent au prêtre…

– Je veux être sûr de comprendre : le rapper le menace et ce même soir Mèche d'Or admet avoir tué Barbara ?

– Il était défoncé, *dottore*. Je ne l'avais jamais vu comme ça. Il devait avoir sniffé un gramme, au bas mot. Il n'était plus lui-même. Il disait que c'était la justice divine, qu'il devait payer, qu'il mourrait bientôt. Et alors il m'a tout raconté et m'a proposé de l'argent. Il voulait que je lui pardonne, vous comprenez ? Ce connard voulait être pardonné !

– Et vous ?

– J'ai répondu, mais c'était comme ça, hein, je n'y croyais plus beaucoup, “donne-le à ces malheureux de la communauté, donne-le au prêtre”…

– Et il vous a pris au mot.

– Oui, mais… je ne sais pas, ça ne me suffisait pas. Et même, pour être honnête, *dottore*, je m'en foutais. J'ai continué à travailler pour lui. Mais ensuite j'y ai repensé. Et la colère m'est venue : il fallait qu'il paye.

La pluie se transformait en grêle, une symphonie, crépitante, agaçante, implacable. L'Arabe avait disparu. Ils restèrent silencieux un moment. Manrico était tombé sur une espèce rare : un coupable doté de conscience. Mais cela venait du fait que ce père humilié et offensé n'était pas un voyou. C'était seulement un pauvre bougre tombé dans la crevasse qui s'était subitement ouverte devant lui. Un Rigoletto mineur, sans la dépravation du célèbre bossu. Aussi désespéré. Aussi hostile à la justice. *Il est le crime. Je suis le châtiment.* Il perçut soudain le poids insoutenable de toute cette douleur. Mangili avait cessé de pleurer.

– Et maintenant, *dottore* ?

– Maintenant vous devez tout me répéter devant un avocat.

– C'est nécessaire ?

– Dans le cas contraire, ça n'aurait aucune valeur.

– Et ensuite ?

– Ensuite je devrai vous arrêter.

47

Entre Vitale, Orru et Cianchetti, il se passait quelque chose. La veille les trois femmes avaient dîné ensemble, seules, sans hommes, et cela avait été l'occasion de développer une certaine intimité. Un observateur extérieur aurait appelé ça "preuves générales de dégel". Manrico lui-même, s'il n'avait pas été si tourmenté par ses propres doutes, n'aurait pas manqué de s'apercevoir de certains petits détails qui signalaient une amélioration évidente de la température émotionnelle et des relations au sein de la petite équipe d'investigation.

À présent, aux alentours d'onze heures du matin, les trois policières se tenaient dans l'antichambre de Manrico dans l'attente d'instructions. Brunella était absente, terrassée par un rhume. Vitale répondait au téléphone. Elles étaient cependant toutes inquiètes. La conclusion de l'affaire signifiait aussi la fin de l'indépendance octroyée par le procureur Melchiorre. Le retour aux délices de la routine était imminent. Et Deborah Cianchetti réexaminait sérieusement sa décision d'abandonner la partie. Si encore quelques jours auparavant elle en était certaine, aujourd'hui elle se demandait si ça ne valait pas la peine d'insister avec l'équipe de Manrico Spinori. Au fond, le magistrat s'était révélé moins pire que prévu. Et peut-être que, maintenant qu'elles commençaient un peu à se connaître, elle aurait pu demander à ses collègues quelques tuyaux pour le concours de commissaire.

Oui, ça allait mieux. Orru s'excusa auprès de Deborah : elle avait peut-être semblé méfiante au début, mais c'était son côté sarde. En tout cas, rien de personnel.

Deborah répondit qu'elle comprenait. La confiance, ça se mérite. Et elle ajouta : en plus je ne fais pas beaucoup d'efforts pour socialiser, l'autre soir, par exemple, à l'anniversaire, j'ai été un peu… Vitale soupira. L'autre soir, l'ambiance était bizarre parce qu'elle était en crise avec son mari. Orru lui demanda des détails. Vitale haussa les épaules. Deborah proposa de sortir, si les deux amies voulaient être tranquilles pour discuter. Vitale en profita pour changer de sujet : parle-nous de toi, Deborah. Tu es mariée ? Fiancée ?

Parler d'elle aurait signifié parler de l'inspecteur en chef Diego Cosenza. Une véritable énigme. Ces derniers jours ils n'avaient vraiment pas eu beaucoup de temps pour se voir, mais Diego était revenu à la charge sur la question du mariage. Et la vérité était qu'elle ne savait pas sur quel pied danser. Par ailleurs, l'horloge biologique tournait, et sa mère s'informait tous les quatre matins s'il y avait des projets de voile et de robe blanche à traîne. Elle n'arrêtait pas de repousser. Mais combien de temps encore pourrait-elle tenir Diego en haleine ? N'y avait-il pas une pointe de cruauté dans ses hésitations permanentes ?

Elles étaient plongées dans leurs pensées quand Manrico fit son entrée. Ses vêtements étaient trempés et Cianchetti trouva son chapeau curieux, ou en tout cas démodé. Il était accompagné de Mangili, le chauffeur du défunt Mèche d'Or, et du jeune avocat Saverio Pellacane.

– Cianchetti, avec moi, tout de suite.

– Il est arrivé quelque chose, *dottore* ?

– On verbalise les aveux de M. Mangili.

Plus tard, alors que Mangili était déjà en prison, Manrico fit livrer au bureau une *cassata* sicilienne et la partagea avec ses policières. Puis il expliqua.

– Gilda est la fille de Rigoletto. Lui est un bouffon de cour, cher au cœur du duc de Mantoue. Il participe pour son compte à des blagues atroces et se moque des courtisans. Il est bossu, difforme, sa différence l'a rendu impitoyable. Mais Rigoletto a une fille, Gilda, qu'il aime plus que tout et qu'il tient éloignée de la cour, et surtout du duc, car il sait combien les gens peuvent être perfides et cruels, et il sait que le duc est un séducteur invétéré. Mais le duc débusque Gilda, la dupe, la séduit, abuse d'elle. Rigoletto, fou de douleur, paie un sicaire, Sparafucile, pour tuer le duc, mais à la place du réprouvé c'est la pauvre Gilda qui finit poignardée.

– Et donc, nota Cianchetti, Mangili se prenait pour Rigoletto et Barbara était sa Gilda.

– Vous savez ce que dit Rigoletto à Sparafucile quand il le charge de l'assassinat ? Il dit : *egli è il delitto, punizion son io*, il est le crime, je suis le châtiment.

– Difficile de lui donner tort, *dottore*.

– Cianchetti, si nous devons continuer à travailler ensemble, nous devrons nous entendre sur certains points essentiels.

– Du genre, *dottore* ?

– Du genre ce qu'on entend par justice et ce qu'on entend par vengeance.

ÉPILOGUE

Ce même soir, Manrico se présenta chez Maria Giulia aux alentours de huit heures. Avec une grande orchidée. Lorsqu'il se vit dans le visiophone, il fit coucou avec la main et entama le “là ci darem la mano” mozartien.

– Maria Giulia. Samedi Teodor Currentzis dirige *Don Giovanni* à l'Opéra Garnier de Paris. J'ai deux billets. Ce serait bien d'y aller ensemble.

Intéressant. Inattendu. Et même inespéré ? On verra. Elle était un peu débraillée mais, bon sang, on ne s'habille pas nécessairement en geisha après une journée de travail. Elle désirait entendre Currentzis depuis longtemps. L'orchidée était une Cattleya. Elle apprécia le clin d'œil à l'évidente saveur proustienne. Rick avait l'air fatigué, tendu. Surcroît de travail, ou peut-être l'habile mascarade du chiot qui réclame des caresses avant de se glisser dans votre lit. Si ce n'était que ça, il n'y avait pas besoin de toutes ces simagrées. Au lit, ça avait bien marché la première fois, on pouvait supposer que la deuxième fois ne serait que meilleure. Mais il y avait un mais. Le lapin qu'il lui avait posé ce soir-là. Sans justification valable. Elle avait réagi avec le dédain qui s'imposait. Il ne l'avait pas harcelée, ni même embêtée plus que ça. Bien sûr, ses récents exploits, si on peut parler ainsi, faisaient la une de tous les journaux, et c'était donc probablement son travail qui l'avait tant accaparé. Mais s'il avait vraiment tenu à elle…

– Attends, finit-elle par répondre en appuyant sur le bouton.

Elle prit une douche. Arrangea ses cheveux. Choisit un chemisier vert et une jupe assortie. Retourna au visiophone. Il n'avait pas bougé. Est-ce que tout ce dévouement méritait une récompense ?

Peut-être que oui. Peut-être que non.

Remerciements

Manrico ne serait pas venu au monde sans Carlo Fuortes et Alberto Mattioli, auxquels je dois le choc émotionnel avec l'opéra qui a chamboulé ma vie. J'espère qu'ils se montreront compréhensifs avec le néophyte enthousiaste que je suis. Au précieux Filippo Ceccarelli je dois en revanche la philosophie *der priffe e der pelo*.

Cet ouvrage a été composé par
Atlant'Communication
au Bernard (Vendée)

ACHEVÉ D'IMPRIMER SUR ROTO-PAGE
PAR L'IMPRIMERIE FLOCH À MAYENNE
EN FÉVRIER 2023

N° d'édition : 0761001 – N° d'impression : 101942
Dépôt légal : mars 2023

Imprimé en France